Dietrich Mendt

Vom vergessenen Lachen

und andere Märchen und Legenden

Evangelische Verlagsanstalt
Leipzig

Umschlagbild: Luise und Hans Neupert
Illustrationen: Sabine Lenkeit

Die Deutsche Bibliothek - CIP - Einheitsaufnahme

Mendt, Dietrich:
Vom vergessenen Lachen und andere Märchen und Legenden
/ Dietrich Mendt. - Leipzig : Evang. Verl.-Anst. , 2001
ISBN 3-374-01901-3

ISBN 3-374-01901-3

Printed in Germany · H 6699
Satz: Christiane Franke
Druck und Binden: Druckerei zu Altenburg

Meiner Frau

Inhalt

Es gibt Leute, die lachen nicht. Vielleicht kennt ihr die eine oder den anderen, die niemals lachen. Wenn jemand einen wirklich guten Witz erzählt, wo sich normalerweise vor Lachen nicht nur die Leute, sondern, wie man so schön sagt, die Balken biegen, oder wenn ein alter Film läuft mit Heinz Rühmann oder eine sogenannte »comedy« mit Didi Hallervorden – sie sitzen da mit eisernem Gesicht und verziehen keine Miene. Wenn man daneben sitzt, kann einem das Lachen buchstäblich vergehen. Man hat den Eindruck, solche Leute haben vergessen, was das überhaupt ist: Lachen! Das kann passieren. Sogar der liebe Gott hatte bekanntlich das Lachen vergessen, wie ihr in diesem Buche nachlesen könnt. Aber bei ihm war es ein Versehen, ein bisschen Schusslichkeit nach fünf Tagen angestrengtester Arbeit, also durchaus verständlich. Und er hat's ja eingesehen und korrigiert. Und so wird es hoffentlich bei jedem Menschen sein, der vorübergehend das Lachen vergessen hat. Wenn's ihm wieder einfällt, lacht er auch wieder, und alles ist gut. Schrecklich wird es erst, wenn jemand wirklich nichts zu lachen hat! Wenn er sich nicht freuen kann, weil es in seinem Leben nur Anlässe zur Trauer, zum Jammern, zum Klagen gibt!

Bei dieser Gelegenheit will ich euch etwas verraten: Eigentlich, ganz tief in meinem Herzen, in seinem heimlichsten Winkel wünschte ich mir, mit meinen Geschichten den Lesern ein wenig Freude zu machen, gerade genug, damit Menschen wieder lachen können, auch solche, die nichts zu lachen haben. Ich weiß, das ist ein unverschämter Wunsch, und man muss schon ein ganz großer Dichter sein und über einen ganz großen Humor verfügen, wenn man so etwas erreichen will. Leider bin ich weder ein ganz großer Dichter, noch habe ich einen ganz großen Humor, höchstens einen kleinen. Trotzdem! Ich wünschte es mir! Ich wünschte mir euch, die Leser, so wie den Clown auf dem Seil. Und alle Leute schauten zu, auch die traurigen, die ganze Stadt, wie ihr lächelnd auf dem Seil tanzt und flötet, damit es die hören, die zu Hause sind und nun gleich auf die Straße laufen werden, um zu sehen, was da wohl los ist! Oder die nun mein Buch kaufen und es lesen, weil man beim Lesen fröhlich wird, das wäre auch nicht schlecht! Denn eine alte Weisheit sagt: Fröhlichkeit steckt an. Sie ist wie eine Krankheit, nur dass sie keinen Schnupfen und Husten hervorbringt und auch keine Pusteln auf der Nase und erst recht keinen Durchfall, sondern Freude und Lachen. Und bei dem Clown ist es nicht wie bei einem Fernsehansager oder einem Quizmaster oder einem Wetten-dass-Moderator, der hinter den Kulissen einen Stoß vom diensthabenden Redakteur in den Rücken oder etwas weiter unten kriegt mit der Bemerkung: »Fröhliches Gesicht machen! Lächeln! Lächeln!« Das ginge auf dem Hochseil gar nicht. Da würde der Clown herunterfallen und hätte nie mehr was zu lachen und die Zuschauer vermutlich auch nicht. Nein, der Clown braucht das nicht. Er bringt seine Fröhlichkeit schon mit auf das Seil, er flötet und lächelt, weil er in seinem Leben Freude hat. Und das wäre doch was, wenn wir in unserem Leben, in dem wir immer wieder einmal über gefährliche Seile laufen müssen, trotzdem Freude hätten und das Lachen nicht verlernten!

Die Geschichte vom vergessenen Lachen

Habt ihr eigentlich schon gewusst, dass der liebe Gott das Lachen vergessen hatte, als er den Menschen erschuf? Nein? Ich wusste es auch nicht. Ich habe es erst neulich erfahren, von Schwester Heidi im Krankenhaus. Kennt ihr die? Auch nicht? Stimmt, woher solltet ihr sie kennen. Sie wusste es jedenfalls. Ihr Großvater hat es ihr erzählt, und der hatte es wieder von seiner Großmutter, und die wieder von ihrer Mutter, und die von ihrem Großvater, und der hat gesagt, schon sein Urgroßvater hätte die Geschichte gekannt, also muss sie auch wahr sein. Aber ehe ich sie euch erzähle, wollt ihr sicher wissen, wieso ich diese Geschichte überhaupt von Schwester Heidi erfahren habe. Das kam so:

Ich lag nämlich im Krankenhaus, ziemlich lange. Ihr braucht mich nicht zu bedauern, jetzt geht es mir wieder gut, und außerdem war es auch gar nicht so schlimm. Aber dabei lernt man die Menschen kennen! Da war zum Beispiel die Frau Weinlich, die hat immer bloß gejammert. Erst haben wir sie alle bedauert, aber dann haben wir gemerkt, dass ihr auch nichts anderes fehlte als uns, und da haben wir damit aufgehört. Dann war da der Herr Nießwurz, der erzählte immer nur von seinen Krankheiten. Er hatte Blasenkatarrh und Nierensteine und Bandscheibenentzündung und chronisches Asthma und Krampfadern und Ohrensausen und das ganze Jahr über Heuschnupfen und was weiß ich nicht noch alles, ich hab' es einfach vergessen. Schließlich war da das Fräulein Stumm, die sagte überhaupt nichts, weder »Guten Morgen« noch »Gute Nacht« noch »danke« und »bitte« noch sonst was. Erwähnen muss ich auch vielleicht noch Frau Rübe, die immer schimpfte, vor allem auf die Marmelade, aber auch auf die Ärzte, die Schwestern, das Krankenhaus, das ganze Gesundheitswesen und sogar auf mich (Ich hatte mal zu ihr gesagt, sie solle doch nicht immer so schimpfen! Na da! Da war's aus!).

Schwester Heidi aber gehört zu denen, die immer lachen, auch wenn sie viel zu tun haben – und das hat sie meistens, selbst wenn sie mit einer Spritze unterwegs ist oder einem Pflaster, ja sogar mit dem Schieber! Und sie lacht so, dass man mitlachen muss, auch der, der sonst jammert oder bloß von seiner Krankheit redet oder gar nichts sagt oder schimpft.

»Woher kommt das?« fragte ich sie. »Warum bist du immer so vergnügt? Wo nimmst du nur dauernd das Lachen her?« »Das kriege ich geschickt«, sagte sie. »Geschickt? Das geht doch gar nicht. Ich kann doch nicht ein Gelächter in ein Paket packen oder in einen Briefumschlag stecken!« Heidi lachte schon wieder. »Ach«, sagte sie, »doch nicht mit der Post! Das kommt so, einfach durch die Luft! Pass mal auf! Sssssssst!« Sie wischte mit der Hand durch die Luft, dicht an meiner Nase vorbei – und schon lachte sie wieder. Ich staunte. Tatsächlich, jetzt hörte ich es auch: Sssssssst! Heidi lachte – und ich auch. »Das musst du mir unbedingt genau erzählen, dann kann ich mir's vielleicht auch schicken lassen und Frau Weinlich und Herrn Nießwurz und Fräulein Stumm und Frau Rübe gleich mit.«

Und da hat Heidi mir die Geschichte vom vergessenen Lachen erzählt. Hier ist sie:

Als der liebe Gott mit Adam und Eva fertig geworden war, betrachtete er sie von vorn und hinten, von links und rechts, und sie gefielen ihm sehr gut. Das könnt ihr alle in der Bibel nachlesen, und es gibt ja auch viele Bilder Adams und Evas von vielen Malern und vielen Fotografen, auf denen ihr sehen könnt, dass beide wirklich gut geraten sind. Aber was *nicht* in der Bibel steht und was man auch auf den Bildern nicht sehen kann, das ist die Tatsache, dass Gott vergessen hatte, den Menschen auch das richtige Lachen mit einzubauen. Das heißt, so ganz stimmt das nicht. Die Mechanik war vorhanden. Gott hatte die nötigen Muskeln konstruiert und an den richtigen Stellen eingesetzt, in die Mundwinkel, die Augenwinkel, die Lippen und das Zwerchfell. Und wenn er zum Beispiel Adam oder Eva kitzelte, dann klappte es, denn beide konnten die Muskeln so bewegen, dass es aussah, als ob sie lachten. Deswegen hat es Gott vielleicht nicht gemerkt. Schließlich hatte er sich ziemlich angestrengt und hatte eine ganze

Woche durchgearbeitet, bis alles fertig war, was er sich so vorgenommen hatte: Himmel und Erde, Gras und Gemüse, Fliegen und Karpfen, Hasen, Dackel und schließlich die Menschen. Zwar hatte er das Gefühl, irgendwas fehle noch, wenn er Adam und Eva anschaute, aber sooft er sie auch hin und her drehte und wendete, er fand es nicht heraus, und so gab er sich zufrieden.

Nun mussten leider Adam und Eva Gott verlassen. Das war eine traurige Geschichte, die Geschichte vom Sündenfall, die kennt ihr ja auch. Wer hätte besser wissen sollen, wie traurig sie war, als Gott selber, der die beiden nicht verließ, sondern jeden ihrer Schritte genau verfolgte und beobachtete. Und da, auf einmal, wurde ihm klar, was er vergessen hatte: Adam und Eva lachten nämlich nicht, niemals! Natürlich, manchmal, wenn Adam zwei Stunden geackert hatte und sich den Schweiß von der Stirn wischte und wenn Eva zum drittenmal durch das Geschrei des kleinen Kain aus dem Schlaf geweckt wurde, dann bewegten sich ihre Lachmuskeln, aber was herauskam, war – Gott musste es zugeben – kein Lachen, sondern ein hässliches, böses Grinsen. Der Lachapparat war da und funktionierte, aber die Freude fehlte. Und was ist das für ein Lachen, ohne Freude?

Sicher kennt ihr das, denn es gibt immer noch Menschen, die haben zwar den ganzen Apparat, den man zum Lachen braucht, aber keine Freude. Sie lachen so komisch, sie kichern oder meckern oder lachen, als schimpften sie in Wirklichkeit – sie sagen dann zweimal laut »Haha! Haha!«, und es klingt, als wollten sie eigentlich sagen: »Aha! So ist das also! Na warte nur! Dir werde ich's heimzahlen!«

Gott wurde ganz traurig, als er es merkte. »Ich habe doch die Menschen zur Freude geschaffen, mir zur Freude! Wie sollen sie das je begreifen, wenn sie sich selber nicht freuen können! Was machen wir da bloß?« Nun wollte er natürlich nicht den ganzen Menschen völlig umbauen, das kann man verstehen. Er wollte auch nicht noch mal von vorn anfangen. Schließlich gab es inzwischen eine ganze Anzahl von Menschen, und darunter auch ganz nette. Außerdem hatte Gott sie alle sehr lieb, nicht nur die Netten! Und da entschloss er sich, ihnen das Lachen zu schicken, durch die Luft, ssssst, wie bei Heidi. Immer dann, wenn er jemanden sah, der ihm besonders gut gefiel, schnippte Gott mit dem Finger, sssst – und schon lachte der. Oft war es jemand, der Gott gar nicht kannte, aber wenn er Gott gefiel, dann sollte er auch lachen können!

Jetzt wisst ihr's also. Und falls ihr es trotzdem noch nicht unterscheiden könnt, ob euer Lachen oder das Lachen anderer wirklich das richtige, von Gott geschickte Lachen ist und nicht bloß das Bewegen von ein paar Muskeln – es gibt ein untrügliches Zeichen für das Lachen, das Gott schickt: Es steckt an!

Das Märchen von den Kriegsministern

Sicher habt ihr schon davon gehört, dass es sogenannte »Volksmärchen« gibt. Das sind Märchen, die von einem bestimmten Volk erzählen, den Engländern zum Beispiel oder den Russen. Mein Märchen aber ist ein »Weltmärchen«, denn es handelt von der ganzen Welt. Das ist wichtig, und ihr müsst es wissen. Es hatten nämlich alle Länder der Erde große Sorge wegen der vielen Kriege. Ich denke, das könnt ihr verstehen, denn diese Sorge haben wir bestimmt auch. Und da hatten sich endlich einmal die Ministerpräsidenten und Präsidenten und Könige sämtlicher Länder der Erde zusammengesetzt und miteinander beraten, was man tun könne, damit die Kriege ein- für allemal aufhörten.

Es war wie so oft. Jeder wollte etwas anderes, und um ein Haar wären sie wieder auseinander gegangen, ohne etwas für den Frieden, aber wegen ihres Streites sehr viel für einen neuen Krieg getan zu haben. Da kam ihnen doch noch eine gemeinsame Idee, eine erstaunliche Idee, wie man sie eigentlich nur in einem Märchen bekommen kann. Ein Ministerpräsident, ein Mann – es ist nötig, dass ich das sage, ihr werdet gleich sehen, warum! – machte den Vorschlag: »Ab sofort dürfen nur noch Frauen Kriegsminister sein. Ich glaube, die verstehen vom Frieden mehr als wir Männer.« Ein wirklich bemerkenswerter Vorschlag für einen Mann! Das heißt, so bemerkenswert ist er nun auch wieder nicht, denn er hat ja Recht. Frauen verstehen wirklich mehr vom Frieden als Männer. Aber dass ein Mann, und noch dazu ein Minister, das auch zugibt, das ist märchenhaft. Ich höre allerdings schon, wie der eine oder andere von euch Jungs sagt: »Na, da kennst du aber die Monika schlecht, die in unserer Klasse immer auf der letzten Reihe sitzen muss, weil sie sich andauernd schlägt, weil sie boxt, kratzt, beißt wie ein Junge!« Und ich höre die Stimme von Herrn Lehmann über mir, freilich nur ganz leise, denn er flüstert mir hinter der vorgehaltenen Hand zu: »Sie haben ja keine Ahnung, was für ein Biest meine Frau sein kann, ein richtiges Mannweib!«

Aha! Da habe ich euch schon. Der eine sagt: »Wie ein Junge«, der andere »Mannweib«. Also sind solche Frauen gar keine richtigen Frauen, sondern verkappte Männer. Das gibt es leider. Und leider werden sie auch manchmal Minister. Ich kenne eine, die nennt man deshalb die »Eiserne Lady«, was auf Deutsch nichts weiter heißt als »Eiserne Frau«. Sie dürfte eigentlich gar keinen Rock tragen, sondern nur eine eiserne Rüstung wie die Ritter im Mittelalter. Aber die Minister und der König in meinem Land wussten das. »Wer Kriegsministerin wird, muss etwa vierzig bis fünfzig Jahre alt sein, damit sie Kinder im

Soldatenalter hat oder haben könnte. Und sie darf nicht von Männern vorgeschlagen werden, sondern nur von Frauen und Kindern.« Alle weiteren Schritte wollten sie später beschließen. Aber das war gar nicht nötig, und ich will euch erzählen, wie es dazu kam.

Nun wurden in allen Ländern der Welt Frauen als Kriegsminister eingesetzt, lauter Frauen, die hätten Mütter sein können. Das war der Anfang.

Ihr könnt euch denken, dass alle Kriegsministerinnen zunächst einmal ihre Armeen besichtigten. Ich will euch schildern, wie das in dem Land vor sich ging, in dem man eine Mutter mit vier Kindern, einer Tochter und drei Söhnen, zur Ministerin berufen hatte.

Der General ließ die Soldaten antreten. »Stillgestanden!« rief er, »Augen rechts! Zu Ehren der Frau Ministerin präsentiert das Gewehr!« Und dann ging sie die Front ab. Vor jedem Soldaten blieb sie stehen, musterte ihn von Kopf bis Fuß, so dass der eine oder andere schon dachte, sein Koppel sitze schief oder seine Schuhe seien nicht richtig geputzt. Ganz falsch! Koppel und Schuhe sah sie gar nicht. Sie sah das Gesicht, die Hände, die Haare, die unter dem Helm hervorguckten, ja, sie sah sogar das Herz, obwohl man das Herz doch eigentlich gar nicht sehen kann. Und dann schlug sie die Hände ineinander. »Du lieber Gott«, rief sie, »du könntest mein Sohn sein!« Sie fuhr ihm sachte über die Wange und fügte hinzu: »Bleib mir schön gesund, mein Junge!«

Könnt ihr euch vorstellen, wieviel Zeit sie dazu brauchte, zumal sie ab und zu ihr kleines Taschentuch zückte und sich über die Augen fuhr? Danach dauerte es immer eine kleine Weile, bis sie wieder reden konnte. Zuerst war das den Soldaten peinlich, aber dann dachten sie an ihre eigenen Mütter und freuten sich. Manche fingen an, von zu Hause zu erzählen. Einer meinte: »Das sagt meine Mutter auch immer!« Einem anderen kullerte eine dicke Träne aus dem rechten Auge, und er getraute sich in Gegenwart der Frau Ministerin nicht, sie abzuwischen. »Was hast du denn, mein Junge?« fragte sie ihn. »Ach, nichts. Ich habe bloß keine Mutter mehr.« Es dauerte besonders lange, bis sie sich dem Nächsten zuwandte. Sie musste ihm ja die Träne mit ihrem eigenen Taschentuch abwischen, weil ein Soldat im »Stillgestanden« seine Hände nicht bewegen darf.

In der Regel kam sie am nächsten Tag wieder, weil sie mit dem Regiment oder Bataillon nicht fertig geworden war, verständlicherweise. Und die Ministerinnen in anderen Ländern, die selber keine Kinder hatten, sagten und dachten das Gleiche, denn jede Frau *kann* Söhne und vielleicht heutzutage sogar Töchter haben (wegen der Gleichberechtigung), die vielleicht irgendwann in den Krieg ziehen müssen. Und das vergisst eine Frau nie, niemals vergisst sie das – oder sie ist gar keine richtige Frau, sondern nur eine Art »Eiserne Lady«.

Eines Tages gab es einen Streit zwischen zwei Staaten, dem Staat unserer Ministerin und dem Nachbarstaat. Ihre Regierung sagte: »Hört mal! Der Streifen jenseits unseres Grenzflusses, von der Mündung fünfzig Kilometer stromauf und zwanzig Kilometer tief, der gehörte bis zum Jahre 1487 zu unserem Land. Damals habt ihr ihn uns weggenommen. Das ist Unrecht, und wir haben lange genug Geduld gehabt. Nun wollen wir ihn endlich wiederhaben. Wir brauchen ihn dringend, für unsere Wirtschaft, für unsere Manöver, unsere Urlauber, unsere Industrie und überhaupt unseren guten Ruf. Ihr seht, wir haben tausend Gründe, einer immer wichtiger als der andere. Also gebt her!« Da sagte die andere Regierung: »Das stimmt gar nicht. Das Gebiet hat bis zum Jahre 1286 zu uns gehört! Und damals habt ihr es geraubt, einfach so. Und wir haben es uns 1487 lediglich wiedergeholt. Wir brauchten es schon damals nötig, für unsere Wirtschaft, unsere Manöver, unsere Urlauber…« und so weiter, ihr wisst schon. Nun verlegten beide Staaten ihre Truppen an die Grenze. Die Reserven wurden einberufen. Die Munitionsfabriken liefen auf Hochtouren. Die Raketen wurden gerichtet. Die Panzer fuhren auf. Und die Minister kamen mit den obersten Generälen zur Frau Ministerin und sagten: »Morgen wird wohl der Krieg anfangen müssen. Wir haben keine andere Wahl. Geben Sie den Einsatzbefehl!« Und genau dieselbe Szene spielte sich jenseits der Grenze bei der benachbarten Frau

Ministerin ab, nur dass die Generäle dort andere Uniformen trugen.

Nun gibt es heute bekanntlich in allen Regierungen ein »Rotes Telefon«. Rot sieht es aus, damit jeder gleich weiß: Das ist ein ganz wichtiges Telefon! Man darf es nicht etwa benutzen, um mal schnell seine Freundin anzurufen, ob man wohl heute bei ihr übernachten kann und eine Flasche Sekt mitbringen soll, oder um in der Auskunft der Deutschen Bahn nachzufragen, wieviel Verspätung der ICE aus Köln denn diesmal haben wird. O nein! Das »Rote Telefon« muss immer frei bleiben für die Frau Ministerin. Sie kann nämlich damit unmittelbar mit jeder Ministerin in einem anderen, sogar in einem feindlichen Staat sprechen, wenn es nötig sein sollte. Und mit diesem Telefon musste auch der Kriegsbefehl an alle Truppen gegeben werden. Der Generalstabschef hatte schon den Hörer abgehoben und hielt ihn der Frau Ministerin hin. »Hier! Nun machen Sie schon!« Aber sie klopfte ihm zart auf die Finger und nahm den Hörer in die eigene Hand. »Erst telefoniere ich mal mit meiner Kollegin!« Sie wählte die Nummer des Kriegsministeriums in dem ab morgen feindlichen Lande. »Monique«, sagte sie, denn gleich bei ihrem ersten Treffen hatten sich alle Kriegsministerinnen der Welt das »Du« angeboten. Frauen verstehen sich schnell, vielleicht weil alle Kinder kriegen und Mütter werden könnten. Und für Kinder, große und kleine, tun Frauen bekanntlich alles, um sie vor einem

Krieg zu bewahren. Bei Männern ist das anders. Einmal können sie überhaupt keine Kinder kriegen. Zum anderen vergessen sie in der Regel, dass sie selber Kinder waren, obwohl sie auch mit siebzig Jahren noch gern mit der Eisenbahn spielen! »Du, Monique, meine Generäle sagen, wir müssen Krieg führen gegen euch. Was meinst du dazu?« Und sie erläuterte die Gründe, die ihr die Generäle genannt hatten. Eine Weile war es ganz still im Telefon. Dann erklang ein Schluchzen in der Leitung, so laut, dass es alle Generäle mithörten. Und dann ein Aufschrei: »Meine armen Jungs! Das geht doch nicht. Sie können doch überhaupt nichts dafür. Und 1286 waren sie auch nicht dabei.« »Denkst du, meine waren 1487 dabei? O nein. Wenn sie in den Krieg müssten, das bräche mir das Herz.« »Also blasen wir's ab?« »Selbstverständlich blasen wir es ab. Sollen doch die Generäle miteinander kämpfen, wenn sie Lust haben. Oder die anderen Minister. Aber meine Jungs nicht.« »Tschüs!« sagte Betty noch und hängte auf. Sie drehte sich zu den Ministern und Generälen um. »Abgeblasen!« Die waren natürlich wütend. Alle schimpften und gestikulierten mit den Händen. Sagte ich »alle«? Nein, nicht alle. Einer, ein General, klatschte laut in die Hände und rief: »Gott sei Dank! Sie sind eine gescheite Frau.«

Ich bin sehr froh über diesen General, weil ich auch ein Mann bin und denke, wenn es solche Männer gibt, dann sind wir noch zu retten. »Ich habe eine Idee. Frieden ist für Soldaten besser als Krieg. Wenn wir nun sagen, unsere Nachbarn sollen das Stück Land behalten. Aber wir helfen ihnen, daraus ein wunderschönes Urlaubsgebiet zu machen, für ihr Land und für unser Land. Und dann verbringen unsere Bewohner und ihre Bewohner dort gemeinsam ihren Urlaub und lernen sich kennen und vielleicht sogar lieben und heiraten sich – und dann kann es gar keinen Krieg mehr geben.« Nach einer kleinen Pause fügte er lächelnd hinzu: »Höchstens ein bisschen zu Hause, aber ohne Blutvergießen.«

Das war was für Betty. »Ich befördere Sie auf der Stelle zum Generaloberst!« sagte sie. »Und ich hoffe, meine Herren Kollegen Minister werden Ihren ausgezeichneten Vorschlag mit mir erörtern und der Regierung des Nachbarlandes übermitteln.« Und als ein paar Generäle gleich wieder wütend werden wollten, rief Betty: »Schluss! Weggetreten!« Da mussten sie wegtreten, denn gehorchen müssen Generäle, das haben sie gelernt.

Der Krieg fiel aus. Und die Minister überlegten, wie sie diesmal und in Zukunft ohne Krieg zurecht kommen könnten. Und da es sich um ein Märchen handelt, ist ihnen das auch gelungen.

Flügelaugust

Bernhard August Männel, mit Rufnamen Bernhard und ja nicht August, denn das konnte er nicht leiden, Bernhard also hatte zwei hervorstechende Eigenschaften. Das heißt, ob sie wirklich hervorstechend waren, das müsst ihr selber entscheiden. Aber sie veränderten das Leben Bernhards entscheidend. Und davon will ich euch erzählen.

Wenn ich sage »Eigenschaften«, so ist das eigentlich nicht das richtige Wort. Es waren nämlich zwei Redewendungen, die Bernhard ständig im Munde führte, eine unüberlegte und eine überlegte. Die unüberlegte Redewendung hieß »Herr Jesus«. Da Herr Männel ein Sachse war, klang es wie »Herr Schesus«, und mancher verstand ihn gar nicht. Bernhard sagte es bei jeder passenden und unpassenden Gelegenheit, darüber dachte er gar nicht nach. Vielmehr wenn er erschrak, wenn er sich freute, wenn er staunte, wenn er plötzlich ein Problem hatte, wenn er sich ärgerte, immer hieß es: »Herr Jesus!« »Wie teuer das Benzin wieder geworden ist, Herr Jesus!« »Jetzt habe ich vergessen, die Haustüre zuzuschließen, Herr Jesus!« »Die alte Wernern könnte auch die Treppe bisschen ordentlicher wischen, Herr Jesus!« und so weiter und so weiter. Ich vermute, viele von euch, die jetzt meine Geschichte lesen, können das gut verstehen, weil sie selber bei jeder Gelegenheit sagen »Herr Jesus« oder »Herrgott noch mal« oder »Gott-ogott« oder einfach »Herrje«, was nichts weiter ist als eine Abkürzung des Bernhardschen »Herr Jesus«, nur dass es niemand mehr weiß. Aber bei solchen Redewendungen denkt man sowieso nicht und schon gar nicht nach. Infolgedessen ist es ganz gleich, was man sagt. Nein, ganz gleich ist es nicht, das werdet ihr noch sehen. Und es wäre mir eine gewaltige Freude, wenn die Geschichte von Bernhard August Männel euch dazu bringt, in Zukunft ein wenig mehr zu denken beim Reden. Das kann nie schaden.

Die überlegte Redewendung hieß: »Man müsste Flügel haben!« Dahinter steckte eine Sehnsucht, die Bernhard schon als Kind hatte. Da glaubte er noch fest daran, richtig fliegen zu können wie es vielleicht jedes Kind glaubt, wenn es ein richtiges Kind ist. Bernhard zählte fünf Jahre, als er im Vertrauen auf seine Flügel von dem großen elfenbeinfarbenen Wäscheschrank heruntersprang. Er kam zu seinem Glück mit einem verstauchten linken Fuß davon, weil er auf eine kuschelweiche Bettvorlage fiel, mit so langen Haaren wie von einem Lama oder einem Schaf, das ein paar Jahre nicht geschoren worden ist. Aber das gibt es natürlich nicht, und die Bettvorlage war aus Chemie, wie man heute zu sagen pflegt und wie so viele Dinge aus Chemie sind, die man für echt hält. Nach dreieinhalb Wochen konnte Bernhard wieder richtig laufen. Aber er hatte zum erstenmal in seinem Leben gesagt: »Man müsste Flügel haben«, im Konjunktiv und nicht mehr im Indikativ wie bisher, obwohl Bernhard mit fünf Jahren weder wusste, was ein Konjunktiv noch was ein Indikativ ist. Und wenn ihr es nicht wisst, dann schlagt im Lexikon nach, mich hält es zu lange auf, wenn ich es euch jetzt erklären soll.

Jedenfalls sagte Bernhard von da an noch oft: »Man müsste Flügel haben!« Mit siebzehn Jahren fiel er vom Pflaumenbaum, weil eine Leitersprosse brach, und Bernhards rechtes Bein brach infolgedessen auch, unterhalb der Kniescheibe. »Man müsste Flügel haben, Herr Jesus!« war Bernhards uns nun schon bekannter Kommentar. Wenn es in die Ferien ging und Fahrkarten und Platzkarten besorgt werden mussten, ohne dass man wusste, ob der Zug auch pünktlich fahren und ankommen würde, sagte Bernhard natürlich: »Man müsste Flügel haben!« Wenn er zu spät zur Arbeit oder zum Abendbrot oder ins Theater kam oder zu irgendeiner Sitzung: »Man müsste Flügel haben!« Höchstens dass er noch ein »eben« hinzusetzte oder vielmehr ein »ebend«, denn die Sachsen fügen aus unerklärlichen, aber zweifellos dialektbedingten Gründen regelmäßig ein »d« an, wenn sie »eben« sagen wollen. »Man müsste ebend Flügel haben!«

So war es kein Wunder, dass Bernhard im Freundeskreis bald der »Flügelaugust« hieß und sich auf diese Weise ständig seinen gehassten zweiten Vornamen anhören musste, denn »Flügelbernhard«, das klingt zweifellos nicht halb so gut wie »Flügelaugust«, das wird jeder einsehen.

Um wenigstens täglich ein bisschen fliegen zu können, hatte er sich ein kleines Auto gekauft, einen Mini–Cooper. Ein paarmal war er damit tatsächlich geflogen. Im Laufe der Zeit hatte ihn das den rechten Kotflügel, den linken Scheinwerfer, eine Türklinke, die Frontscheibe und zwei Reifen gekostet. Und leider außerdem ein steifes Knie und zwei verrutschte Bandscheiben! Das gab von da an dem Satz »Man müsste Flügel haben« einen etwas resignierten Unterton. Weil nicht nur dem Auto, sondern auch Bernhard das Fliegen geschadet hatte, fuhr er langsamer und lief am Stock, so weit er überhaupt lief. Es kam selten genug vor, denn wie viele Autofahrer huldigte er der Lebensweisheit: »Besser schlecht gefahren als gut gelaufen!«

Ja, wenn er Flügel gehabt hätte, wäre das anders gewesen. Aber so setzte er sich auch dann ins Auto, wenn er nur zwei Straßen weiter fünf Brötchen holen musste. Seiner Frau gefiel das ganz und gar nicht. »Du musst mehr laufen bei deiner angeschlagenen Gesundheit, Bernhard«, meinte sie. »Das tut dir gut!« Was antwortete er? »Am Freitagnachmittag holen so viele Leute frische Brötchen für den Sonntag, da muss man meistens eine Weile anstehen, Herr Jesus. Und da bin ich lange genug auf den Beinen.«

Aber gerade dieses Anstehen änderte eines Tages sein Leben. Wenigstens fing es mit dem Anstehen an. Bernhard hatte sich auf seinen Stock gestützt und war, wie meist, ein bisschen wehleidig. Nicht ganz einfach mit seinen siebenunddreißig Jahren! Auf der einen Seite wollte er gern wirken wie ein Mensch, der leider nicht fliegen kann und deswegen zu bedauern ist. Auf der anderen Seite reagierte er sehr empfindlich, wenn jemand ihm einen vorderen Platz in der Brötchenanstehschlange anbot mit den Worten: »Komm nach vorn, Opa, ich kann besser stehen als du.« Das wies er beleidigt zurück. »Ich bin kein Opa! Herr Jesus, das fehlte mir gerade noch.« Nein, ein Opa wollte er nicht sein und auch nicht so genannt werden. Und weil sich beim Bäcker bekanntlich immer die gleichen Leute treffen, behelligte von da an niemand mehr den Noch-lange-nicht-Opa mit ein bisschen Nächstenliebe.

So musste er sich die Langeweile selber vertreiben, bis er dran war. Er schaute meist auf die Straße und zählte die Autos. Das hatte er sich so ausgedacht. Wie viele Männer fahren Auto und wie viele Frauen? Er hatte auf diese Weise zum Beispiel herausgefunden, dass in der Regel auf zehn Männer höchstens vier bis fünf Frauen kamen. Darauf war er sehr stolz, denn er hatte schon viel gelesen über die Benachteiligung der Frauen und die Notwendigkeit ihrer Gleichberechtigung. Aber die wenigen Frauen am Steuer waren offenbar außer Bernhard August Männel noch niemandem aufgefallen. Dann zählte er, wie viele Menschen Mercedes fuhren und Audi und VW und Opel oder wie viele PKWs und LKWs vorüberkamen, wieviel inländische und ausländische Modelle und wie viele Motorräder. Gerade eben fuhr eine 1000er Honda vorbei, japanisch natürlich, eine der schnellsten Maschinen der Welt, die man hierzulande nur selten zu sehen bekommt. Und plötzlich ließ Bernhard seinen Stock fallen und sprang, nein, flog in Windeseile auf die Straße, packte einen kleinen Jungen am Kragen und riss ihn mit solcher Gewalt von der Fahrbahn, dass beide auf dem Asphalt landeten.

»Au!« schrie Bernhard, und der kleine Junge schrie auch, aber man konnte es nicht verstehen. Er brüllte einfach vor Schreck, denn er hatte nichts weiter abbekommen. Er flog ja Bernhard auf den Bauch. Und das war mindestens so ein weiches Polster wie damals für den Fünfjährigen der Kuschelbettvorleger. Aber Bernhard war die Honda über die linke Hand gefahren, und da ist einmal »au«-Schreien verhältnismäßig wenig.

Das Ganze dauerte nicht mehr als zwei Sekunden. Den schlangestehenden Brötchenempfängern stand noch mindestens weitere neun Sekunden lang der Mund offen, ehe sie sich gefasst hatten, auf die Straße liefen und Bernhard mitsamt dem kleinen Jungen wieder auf die Beine stellten. Der Junge hielt sich an seiner Mutter fest und brüllte noch immer. Stefan hieß er und war fünf Jahre alt wie Bernhard seinerzeit bei seinem ersten Flug. Das teilte die Mutter dem Publikum noch rasch mit, ehe sie mit ihm schimpfte. »Musst du denn über die Straße laufen, wenn ich nach Brötchen anstehe? Bloß weil ich mich einen Augenblick mit Frau Hämmerling unterhalten habe! Schon bist du weg! Siehst du, wenn der freundliche Opa nicht gewesen wäre, dann hätten wir vielleicht jetzt gar keinen Stefan mehr.« Und da kamen auch bei ihr die Tränen.

Der Hondafahrer hatte glücklicherweise sein Motorrad zum Stehen gebracht ohne zu stürzen. Aber er war ganz weiß im Gesicht, »käseweiß« sagt man in Sachsen. »Ich kann doch nichts dafür!« stammelte er immer wieder. »Nein, Sie konnten nichts dafür, junger Freund. Aber es schadet nichts, wenn man in der Stadt immer ein bisschen langsamer fährt, wenn kleine Jungs in Sicht kommen. Denn kleine Jungs laufen ausgesprochen gern vor Motorrädern und Autos über die Straße.«

Niemandem fiel auf, dass Bernhard seine linke Hand in der Hosentasche trug. Und wie sollte jemand nach einer so leutseligen und pädagogischen Rede auf den Gedanken kommen, der Sprecher sei ernstlich verletzt! Bernhard hatte sich seinen Stock geangelt und ging würdigen Schrittes nach Hause. Er hinkte nicht mehr als sonst. Die Leute merkten nicht einmal, dass er keine Brötchen gekauft hatte. Nur der junge Mann, der ihm seinen Platz anbieten wollte, sagte plötzlich: »Hat doch der Opa sein Auto stehen lassen!«

Zu Hause musste Bernhards Frau energisch werden, damit er überhaupt zu ihrer Hausärztin ging. Die überwies ihn gleich ins Krankenhaus, in die chirurgische Abteilung – und leider war der kleine Finger nicht mehr zu retten, er musste amputiert werden. »Er sah aus wie ein Lineal, bloß nicht so schön gerade«, sagte Bernhard später.

Aber nicht nur Bernhards linke Hand war verändert, sondern der ganze Mensch. Es zeigte sich schon darin, dass er diesmal nicht wie sonst sagte: »Man müsste Flügel haben«, obwohl es doch wirklich nahe gelegen hätte. Mit Flügeln wäre Bernhards linker kleiner Finger sicher erhalten geblieben! Der Meinung war wenigstens sein Freund Erwin, als er ihn im Krankenhaus besuchte. »Bernhard, diesmal hättest du wirklich Flügel gebrauchen können!« meinte er.

Da gab ihm Bernhard eine erstaunliche Antwort: »Was willst du denn! Ich *hatte* doch Flügel. Meinst du, ohne Flügel hätte ich den kleinen Jungen vor dem Überfahren retten können? Ich, Bernhard August Männel, der wegen seiner Knochenbrüche und seiner Bandscheibe am Stock gehen muss? Na siehst du!«

Erwin legte seine Stirn in tiefe Falten. »Stimmt! Wenn man es sich genau überlegt, ist es beinahe komisch. Woher hattest du nur auf einmal die Kraft und das Tempo?« »Das weiß ich genau. Ich habe nämlich dasselbe gesagt, was ich in solchen Fällen immer sage.« »Herr Jesus«! sagte Erwin. Und man wusste nicht, klang es eher erstaunt oder eher andächtig. »Richtig! Natürlich habe ich mir nichts dabei gedacht, wie immer. Aber gehört hat er mich trotzdem.« Erwin machte ein ziemlich dummes Gesicht. »Wer denn?« Bernhard lächelte, weise und gönnerhaft. »Na, wer denn wohl? Wen habe ich denn gerufen?«

Da dämmerte es bei Erwin, obwohl er den Kopf schüttelte. Aber wer sollte da nicht den Kopf schütteln, wenn jemand hört, den man streng genommen gar nicht gerufen und an den man nicht einmal gedacht hat? Bernhard jedenfalls gebrauchte seine unüberlegte Redewendung in Zukunft viel seltener, dafür aber immer überlegt.

Der laute und der stille Theo

Kennst du den stillen Theo? Nein? Das wundert mich. Ich dachte bestimmt, du kennst ihn. Ich werde dich noch einmal fragen, wenn ich mit meiner Geschichte zu Ende bin, vielleicht kennst du ihn doch. Der stille Theo heißt nämlich noch gar nicht lange der stille Theo. Früher hieß er der laute Theo.

Ehrlich gesagt, er taugte nicht viel, der Theo. Pro Jahr wechselte er im Durchschnitt fünfmal die Arbeitsstelle, wenn er überhaupt eine hatte. Seine Eltern sahen ihn nur selten und dann immer in der Begleitung von Tieren. Entweder kam er mit einem Affen oder mit einem Kater. Wer sich im zoologischen Garten nicht so gut auskennt: Entweder er hatte einen Rausch, oder er hatte gerade eben einen gehabt. Und doch kannte Theo immer einmal eine, zwei, drei, vier, fünf gute Stunden, manchmal täglich, manchmal seltener, je nachdem, ob sich seine Lohntüte schon in greifbarer Nähe oder noch in unerreichbarer Ferne befand.

Theos gute Stunden hatten immer denselben Schauplatz, und der hieß »Fuchsbau«. Im »Fuchsbau« nämlich traf sich Theos Stammtisch, und am Stammtisch entwickelte Theo Begabungen, die er sonst ängstlich verbarg. Theo wusste einfach alles. Er wusste über alles Bescheid. Und was besonders erstaunlich war: Er wusste besser Bescheid als selbst die fachlichsten Fachleute. Ein Jammer, dass seine Gaben so im »Fuchsbau« verkümmern mussten.

Als zum Beispiel der erste Mensch mit einem Raumschiff um die Erde flog, sagte Theo nur laut und bedauernd: »Er war angeschnallt! Der arme Kerl musste angeschnallt fliegen!« Und er legte seinen staunenden Zuhörern ausführlich dar, wie ein Raumschiff eigentlich aussehen müsste, in dem man – »natürlich« – nicht angeschnallt zu werden brauchte. Es ist wirklich unverantwortlich, dass man Theo noch keine Gelegenheit gegeben hatte, ein Weltraumschiff zu bauen. Man hätte sich viel ersparen können.

Oder als der Liebling des Landes bei der Olympiade im Stabhochspringen nur auf den vierten Platz kam, unterzog Theo im »Fuchsbau« dessen Trainingsmethoden einer vernichtenden Kritik.

Auch den Bau der großen Erdölleitung hätte Theo ein ganzes Jahr früher abgeschlossen, und in der Politik gab es nicht einen einzigen Minister, der sich auch nur annähernd hätte mit Theos Fähigkeiten messen können.

Eines Tages hielt Theo wieder einmal im »Fuchsbau« eines seiner groß angelegten Referate und zerpflückte gerade den Handelsvertrag, den der Staatssekretär am Tage vorher unterzeichnet hatte, als die Tür aufging und zwei für den »Fuchsbau« eigentlich viel zu gut gekleidete Männer eintraten, sich mit gemessenen Schritten dem Tisch näherten, an dem Theo hinter seinem siebenten Radeberger Exportbier saß, vor ihm artig die Hüte zogen, worauf der größere und vornehmere von beiden das Wort ergriff.

»Sehr geehrter Herr Theo« , sagte er, »ich bin der Stellvertreter unseres Herrn Ministerpräsidenten, und das hier ist mein Stellvertreter. Der Herr Ministerpräsident hat von Ihren ausgezeichneten Gaben gehört, die weit über seinen eigenen und denen aller Minister liegen. Der Herr Ministerpräsident braucht Sie! Er bittet Sie, sich seinen Wünschen nicht zu versagen und die Regierung zu übernehmen. Draußen wartet der Wagen.«

Theo hatte ganz blanke Augen bekommen. Er kippte schnell noch ein achtes Bier hinunter, zog den Reißverschluss seiner Lederjacke zu und vergaß in der Eile des Aufbruchs zu bezahlen. Aber es war seinen Stammtischkollegen selbstredend ein Vergnügen, ihrem Ministerfreund acht Bier und dreizehn doppelte Korn auszulegen.

Theo war inzwischen im Büro des Ministerpräsidenten angekommen, hatte ihm herablassend auf die Schulter geklopft und hinter seinem Schreibtisch Platz genommen. Und nun regierte Theo!

»Jeder hat zu mir jederzeit Zutritt!« sagte Theo. »Ich gehe immer selber ans Telefon!« sagte Theo. Mehr hätte er gar nicht zu sagen brauchen. Nach dreißig Minuten stand vor Theos Amtszimmer eine Schlange von drei Kilometern. Sie ging zweimal ums Haus herum, dann über die Hauptstraße, drei Nebenstraßen und einen Platz hinweg bis zum Bahnhof. Die Polizei hätte absperren müssen, aber sie konnte nicht. Theo hatte die Polizei aufgelöst. »Wir brauchen keine Polizei!« sagte er.

Was soll ich erzählen! Nach einem Tag standen die Eisenbahnen still, Theo hatte ihren Betrieb eingestellt und auf Staatskosten jedem Bahnreisenden ein Auto versprochen. Fünfundzwanzig große Fabriken standen still, Theo hatte die Direktoren aufs Land geschickt.

»Wer am Schreibtisch sitzt, arbeitet nicht!« sagte Theo. Alle Sparkassen hatten deswegen geschlossen, die Schulen waren zu, Leute, die sich lieb hatten, konnten nicht mehr heiraten, denn es gab keine Standesbeamten, das Elektrizitätswerk stand still und die Fernheizung, es gab kein Gas und keine Butter, keine Streichhölzer und kein Mottenpulver, es ging einfach alles durcheinander.

Und was sagten die Leute? »Theo ist schuld«, sagten sie, »nur Theo! Er taugt nichts! Er ist eine Niete! Setzt ihn ab! Schmeißt ihn raus!« Das sagten die Leute, wo doch Theo immer so gut regieren konnte, wenn er im »Fuchsbau« saß.

Theo sitzt nicht mehr im »Fuchsbau«, obwohl er schon lange wieder zu Hause ist. Schon am zweiten Tag war er zum Ministerpräsidenten gegangen und hatte gesagt, ach, eigentlich hatte er es nicht gesagt, sondern geheult hatte er's, wie ein kleines Mädchen: »Herr Ministerpräsident«, schluckte er, »Herr Ministerpräsident, ich will nach Hause!« Und der Ministerpräsident hatte ihn ernst angeblickt, sehr ernst, nur um die Mundwinkel schien er ein ganz feines kleines Lächeln zu haben, aber das konnte Theo nicht sehen, er heulte ja. »So, du willst nach Hause«, sagte der Ministerpräsident, »und wer soll den Schaden wiedergutmachen, den du angerichtet hast? Wie sieht es denn hier aus und überall in unserem schönen Lande?«

Aber da war Theo schon zur Tür hinaus und die Treppe hinunter, und er lief und lief, einen ganzen Tag und eine ganze Nacht bis nach Hause. Zum Glück war es noch dunkel. Keiner merkte, wie er ins Bett kroch und die Decke über die Ohren zog.

Am nächsten Tag wunderte sich Theo ein bisschen, dass ihn gar niemand vermisst hatte. Die Leute wussten auch nichts von einem großen Durcheinander mit stehengebliebenen Eisenbahnen und Elektrizitätswerken, entlassenen Direktoren und fehlendem Mottenpulver, so dass Theo der Verdacht kam, er habe vielleicht zu viel getrunken und alles nur geträumt.

Aber so sicher war er seiner Sache nun doch wieder nicht, dass er der laute Theo geblieben wäre. Er nahm sich in Zukunft tüchtig zusammen, trank nicht mehr viel, arbeitete fleißig und war bald von jedermann geschätzt. Aber wenn einmal jemand den Mund auftat und ungefähr so etwas von sich gab wie: »Hat der Minister eine Ahnung!

Das müsste doch so und so gemacht werden! Ist doch ganz klar!«, dann wiegte Theo bedenklich den Kopf und sagte nur: »Nein, nein, so einfach ist das nicht!« Und da hatte er Recht! Und seitdem heißt er der stille Theo.

Kennst du den stillen Theo? Ja? Ich dachte es gleich.

Von Hinz und Kunz

Es waren einmal zwei große Familien, die eine Familie hieß Hinz und die andere Familie Kunz. Es ist aber schon lange her. Damals hatten die Männer noch mehr zu sagen als die Frauen, und die Frauen trugen noch keine Hosen, und die Familien hatten noch mehr Kinder als heute. Hinzens und Kunzens hatten je zehn, immer abwechselnd einen Jungen und ein Mädchen, in einem Märchen gibt es das.

Nun hätte man denken können, Hinzens und Kunzens wären einander sehr ähnlich gewesen. Sie lebten zur gleichen Zeit, sie wohnten in Nachbarhäusern, sie hatten jeder zehn Kinder – i wo! Ganz verschieden waren sie, ganz verschieden. Passt mal auf!

Die Kinder von Hinzens hatten ihre Vornamen nach dem Alphabet bekommen. »Da merkt es sich besser!« sagte Vater Hinz. Alfred, Berta, Christian, Dora, Emil, Franziska, Georg, Hanna, Igor und Jutta. Sie trugen alle die gleichen Anzüge und Kleider, dunkelrote Jacken mit grünen Knöpfen, schwarze Hosen oder Röcke je nach Geschlecht, graue Unterwäsche, gelbe Strümpfe, im Sommer braune Halbschuhe zum Schnüren, im Winter braune Stiefel zum Schnüren, alle hatten einen Mittelscheitel, alle die gleichen Baskenmützen in dunkelblau, alle die gleichen Taschentücher, braun mit grünen Streifen, immer jeder eins. Am liebsten hätte es der Vater gesehen, wenn sie alle die gleiche Haarfarbe gehabt hätten, dunkelbraun. »Da braucht man sie seltener zu waschen«, sagte er. Und wenn Hinzens heute gelebt hätten, dann hätten sie sich sicher alle die Haare färben lassen, dunkelbraun natürlich. Aber zum Glück, oder vielmehr zum Pech, für Hinzens nämlich, gab es das damals noch nicht. So sahen zwar Hinzens schön bunt aus, aber alle gleich, als trügen sie Uniformen. Und so war es auch von Vater Hinz gemeint. »Denn Ordnung muss sein!« sagte er. Das sagte er immer! Wenn er sie früh fünf Minuten vor sechs weckte, indem er mit einem großen Holzlöffel gegen den Suppentopf schlug und wohl auch mit dem Waschlappen nachhalf, wenn eines der Kinder nicht sofort aus dem Bett sprang. »Aufstehen! Ordnung muss sein!« Dann mussten sie mit ihm zehn Minuten ums Haus und durch den Wald laufen, denn »Frühsport ist gesund. Und Ordnung muss sein!« Ordnung herrschte auch, wenn Mutter jedem eine Doppelschnitte mit Fett schmierte und einpackte, wenn sie jedem eine Tasse Muckefuck einschenkte und die zum Frühstück bewilligte Schnitte mit Marmelade ohne Butter auf den Teller legte. Anschließend marschierten sie, in Marschordnung, zur Schule und kamen ebenso wieder nach Hause. Denn – wir wissen's schon – Ordnung muss sein! Und Ordnung war im Hause Hinz den ganzen Tag über, bis die Kinder Punkt acht Uhr ins Bett gescheucht wurden, nachdem sie ihre Hände und Füße und den Bauch gewaschen und dem Vater zur Kontrolle nacheinander, alphabetisch, vorgezeigt hatten. Jedes kriegte von der Mutter einen Kuss auf die linke Backe, nicht mehr und nicht weniger. Und wenn es Prügel gab, gab es sie für alle und immer die gleiche Anzahl von Schlägen, bei schweren Vergehen fünfzehn, bei leichten sieben.

Ich weiß nicht, ob ihr euch darüber wundert. Herr Kunz von nebenan jedenfalls wunderte sich darüber. »Warum machen Sie denn das?« fragte er Herrn Hinz, »macht das Freude?« »Mein lieber Herr Kunz«, sagte Herr Hinz, »Ordnung muss sein, auch wenn sie keine Freude macht. Freude kommt im Leben von selber, aber Ordnung muss man lernen. Jeder wird gleich behandelt. Erstens ist das einfacher, zweitens ist es gerechter, und drittens kommt man so am besten durchs Leben. Man macht es wie die anderen und fällt nicht auf, wenigstens fällt man nicht schlecht auf. Denn Leute, die immer alles so machen wie die anderen, sind in der Welt am beliebtesten.«

Komisch, zuletzt sahen alle Hinzens auch im Gesicht fast ganz gleich aus. Vielleicht lag es aber auch nur daran, dass sie alle die gleiche vegrämte Falte links und rechts von den Mundwinkeln hatten und alle den gleichen traurigen Blick und alle den gleichen Flunsch. Aber wenn man eines der Kinder fragte: »Alfred, wie denkst du denn über die neue Straßenverkehrsordnung?« oder »Berta, wie findest du denn die neue Mode mit solchen durchsichtigen Blusen?«, dann antworteten Alfred und Berta und Christian und Dora und so weiter, ihr wisst schon, immer nur: »Wie der Vater!« Sie hatten gut gelernt.

Bei Kunzens war das ganz anders. Mutter Kunz suchte für jedes ihrer Kinder immer etwas Passendes zum Anziehen aus oder nähte es zurecht. Gottfried war lang und schlaksig, darum bekam er Kniebundhosen. Renate war klein und rundlich, sie kriegte ein Dirndl mit Puffärmeln. Beate hatte eine gertenschlanke schöne Figur, sie trug Miniröcke und bunte T-Shirts. Jedes sah anders aus – und nach jedem schaute man sich gern um, während die Kinder Hinzens niemanden mehr interessierten. Wenn man eins kannte, kannte man alle. Natürlich hatten sich Kunzens auch die Namen ihrer Kinder genau überlegt. Gottfried hieß Gottfried, weil Gott mit ihm Kunzens ein Stück Frieden geschenkt hatte, denn er war das erste und sehr ersehnte Kind. Renate heißt auf deutsch bekanntlich »die Wiedergeborene«. Kunzens verbanden mit ihr die Hoffnung, dass sie fromm und mit Beate, dass sie glücklich werden würde, denn Beate heißt »die Glückliche«. Kein Kind hatte seinen Namen nur nach dem Lexikon oder nach einem Schlagersänger oder gar nach dem Alphabet. Und die Kinder standen zu ganz verschiedenen Zeiten auf. Eins noch vor dem Wecker! Eins erhob sich stets auf den letzten Drücker, wie man so schön sagt. Die anderen verteilten sich auf die halbe Stunde, die nach sechs Uhr noch zur Verfügung stand. Und abends kriegten sie ganz verschiedene Küsse, auf die Backen, auf den Mund, auf die Hand, auch mal zwei oder drei und auch mal gar keinen, alles gab es. Im Hause Kunz wurde viel gelacht, aber auch viel geweint. Und die Eltern ließen es nicht nur zu, sondern bisweilen lachten oder weinten sie mit, weil die Freude der Kinder ihre Freude war und der Schmerz der Kinder ihr eigener Schmerz. Übrigens sagten Kunzens genau wie Hinzens: »Wir haben alle unsere Kinder gleich lieb!« Aber es klang bei ihnen anders, es klang ungefähr so: »Wir haben Gottfried furchtbar lieb, aber Renate haben wir auch schrecklich lieb, und Beate auch, wir haben eigentlich jedes Kind am liebsten!« Dann sagte wohl Herr Hinz: »Das geht doch gar nicht.« »Doch das geht!« antworteten Herr und Frau Kunz. Aber Herr Hinz verstand sie nicht. Vielmehr sagte er: »Macht das nicht viel mehr Arbeit, wenn sie alle so verschieden sind?« »Natürlich«, antwortete Herr Kunz, »natürlich macht das viel mehr Arbeit, aber es ist herrlich. Sehen Sie mal, Ruth singt. Sie kann schon singen »Am Brunnen vor dem Tore« fast wie eine richtige Sängerin. Und Renate jazzt wie die alte Ella Fitzgerald persönlich. Gottfried schnitzt kleine Rehe. Ferdinand läuft die hundert Meter in zwölf Sekunden, der wird einmal ein großer Sportler. Aufregend ist das, sage ich Ihnen. Und Spaß macht es. Wäre doch schlimm, wenn sie alle gleich wären.« »Aber bequem!« meinte Herr Hinz, »viel bequemer.« »Bequemer wäre es freilich«, sagte Herr Kunz. Mehr sagte er nicht.

Und jetzt würde es mich interessieren, zu welcher Familie ihr gehört, zur Familie Hinz oder zur Familie Kunz? Soll ich euch verraten, was ich wünschte? Ach nein, ich denke, das ratet ihr selbst.

Gottes Stadt.
Ein Märchen, aber nicht ganz ...

Heute möchte ich euch mal erzählen, wie ich mir die Stadt Gottes vorstelle. Ich habe sie natürlich noch nicht gesehen, denn sehen kann man sie leider nicht, noch nicht. Das wird wohl eine Weile dauern, bis man richtig hineingehen kann und Gott auf der Straße trifft und ihm die Hand schüttelt. »Guten Tag, lieber Gott! Schön, dass ich Dich treffe. Das hab ich mir immer schon gewünscht. Denn wenn man Dich sieht und sich mit Dir richtig unterhalten kann, das ist doch etwas ganz anderes als nur von Dir zu lesen oder zu hören oder zu Dir zu beten!« Nur, wie gesagt, das wird noch eine Weile dauern. Aber sich denken darf man schon, wie Gottes Stadt aussieht, und irgendwo steckt sie ja mitten in unseren Städten und Dörfern und Wäldern drin, nur unsichtbar.

Ringsherum hat die Stadt eine Mauer, eine große Mauer mit vielen Toren. Ich habe sie gezählt, zwölf Tore sind es, eines ganz rot wie ein schimmerndes Weinglas, eines blau wie der Himmel, eines grün wie die Wiesen, eines gelb wie die Sonnenblumen und so fort in allen Farben, ganz bunt. Zum Lachen ist das. Und alle Tore stehen offen, immer stehen sie offen, damit jeder hinein kann. Vor dem Tor stehen zwei Wächter, ein Mädchen und ein Junge, mit einem Federbusch auf dem Helm, einem roten Wams, blauen, weiten

Pluderhosen und schwarzen Stulpenstiefeln, dazu weißen Spitzenhandschuhen. Ich glaube, so sieht die Schweizergarde aus beim Papst in Rom, nur dass unsere Wächter keine Hellebarde tragen, sondern einen großen, schönen Wegweiser. Auf dem kann man lesen: »Hier geht's rein!« Und außerdem lachen sie beide und rufen immerzu: »Hereinspaziert! Wir freuen uns auf dich!« Dann kommt man hinein und muss gleich die Schuhe ausziehen, weil die Straße aus purem Gold ist und geheizt, damit man nicht friert, wenn man barfuß geht. Durch jedes Tor führt eine Straße, bis in die Mitte der Stadt, so dass es von oben aussieht wie ein goldener Stern wegen der zwölf goldenen Straßen. Alle Häuser links und rechts haben schöne Balkons hinten und vorn und Fenster, die vom Fußboden bis zur Decke reichen. Und da immer die Sonne scheint und von allen Seiten, ist es recht hell in den Wohnungen. Gardinen hängen nur in schmalen Streifen rechts und links, so dass jeder hineinschauen und jeder herausschauen kann. Hier hat niemand etwas zu verbergen, weil jeder jeden gern sieht. Kommt man zum erstenmal in die Stadt, dauert es sehr lange, bis man den Markt erreicht hat, weil man überall eingeladen wird. Man lädt dort zuallererst die Menschen ein, die man noch nicht kennt, eben damit man sie kennenlernt, und dazu ganz besonders die, die man zwar kannte, aber nicht leiden konnte – denn jetzt kann man sich natürlich gut leiden, auch den alten Herrn, der oben drüber wohnte und immer was zu meckern hatte und auch die Mathelehrerin, die immer so wenig erklärte und dauernd Leistungskontrollen schreiben ließ, und auch den Pfarrer aus der langweiligen Konfirmandenstunde.

Auf dem Markt ist immer Betrieb. Dort stehen Bänke und Tische und Stühle – und übrigens liegt dort niemals Papier rum. Du findest auch keine Zigarettenkippe, weil überhaupt niemand raucht, nicht etwa, weil es verboten ist (verboten ist dort überhaupt gar nichts!), sondern weil man vergessen hat, was das ist: Rauchen! Dafür kaut man gern Kaugummi. Und weil es manche Leute sehr stört, wenn andere immer etwas im Mund von der einen Seite auf die andere schieben, gibt es in der Straßenbahn und in der Eisenbahn und in manchen Gaststätten »Nichtkauerabteile«. Dort hängt an der Wand ein Schild: »Hier bitte nicht kauen! Herzlichen Dank!« Es heißt auf allen Schildern, die irgendetwas nicht wollen, »Herzlichen Dank«, weil die Leute dort alle sehr dankbar sind. Warum sollten sie das nicht sein, wo sie doch Frieden haben und sich gut vertragen und nichts übel nehmen.

Alle Autos und Straßenbahnen und Eisenbahnen sind Luftkissenfahrzeuge, damit sie die schönen goldenen Straßen nicht zerkratzen. Und sie müssen anhalten, wenn Kinder über die Straße gehen. »Kinder haben Vorfahrt! Herzlichen Dank!« lauten die entsprechenden Schilder an allen Kreuzungen. »Kinder stellen sich vorn an!

Herzlichen Dank!« heißt es in den Kinos und Eisbuden, und »Hier dürfen Kinder Fußball spielen! Herzlichen Dank!« auf allen Plätzen. Meist steht allerdings noch dabei: »Erwachsene auch!« Aber auf dem Markt sollen zum Beispiel nur Kinder spielen. Kinder dürfen überall spielen, das steht gleich auf der ersten Seite vom Stadtführer.

Ihr könnt euch denken, dass es eine sehr lustige Stadt ist, die Stadt Gottes, in der viel gelacht wird, und eine fröhliche Stadt dazu, weil die Leute sich alle liebhaben und immer Zeit füreinander haben. Aber ihr kennt ja die Menschen! Manchmal möchte der eine doch gern keine Zeit haben und schlechte Laune dazu, und eine andere möchte etwas übelnehmen, was sie doch so lange nicht mehr getan hat und früher so oft, und der dritte möchte schimpfen, weil ein kleiner Junge vor seinem Fenster mit dem Roller fährt, hin und her, schon seit einer halben Stunde. Nur: es geht nicht! Es klappt nicht mit der schlechten Laune und dem Schimpfen und dem Gekränktsein! Weil eben Gott in der Stadt wohnt! Er wohnt im letzten Haus an der rubinroten Straße zum Markt hin. Es ist kein besonderes Haus, aber an der Haustür prangt ein Schild, rechteckig und golden, auf dem steht in Silber geschrieben *»GOTT«*, mit lauter großen Buchstaben. Gott geht viel spazieren durch die Stadt. Man erkennt ihn gleich, obwohl er aussieht wie ein normaler Mensch, wie ein älterer Herr, mit einem kleinen Bärtchen unter der Nase und einem auf dem Kinn, mit blauen Augen und grauen Haaren. Aber man merkt sofort, dass er es ist. Man hat das Gefühl, als ob es plötzlich hell würde und freundlich, wenn er mit einem spricht, und er spricht immer, immer, gerade mit denen, die schlechte Laune haben wollen oder keine Zeit oder gerade am Einschnappen sind, gerade immer mit denen. »Wie geht es dir?« fragt er und »Denkst du noch an mich?« und »Ich habe dich lieb. Hast du das vergessen?« Und dann ist alles wieder gut.

Mir hilft ja auch keiner

Es war einmal ein Mann, der hieß Anton Ohnemich. Denn wenn jemand etwas von ihm wollte, sagte er immer »Ohne mich! Mir hilft ja auch keiner.« Anton lebte auf dem Dorf. Und bekanntlich kennt in einem Dorf jede und jeder jede und jeden. Das ist gut, und das ist gleichzeitig schlecht. Gut ist es, weil man gleich weiß, wo man sich ein Viertelpfund Salz borgen kann, wenn man sonntags die Rouladen wickelt und plötzlich das leere Salzfass entdeckt. Schlecht ist es, weil man natürlich auch weiß, bei wem man sich gerade kein Salz borgen kann. Und Anton gehörte zu denen, die niemandem Salz borgten und Brot und Butter, wenn etwa beim Nachbarn überraschend Besuch kam. Und Anton war auch nicht bereit, ein Paket für Brigitte Freundlich entgegenzunehmen, die über ihnen wohnte, geschweige denn, dass er die Zeitung für sie bezahlt hätte, wenn es sich so ergab. Hatte jemand dergleichen Dinge auf dem Herzen, sagte er, siehe oben: »Ohne mich! Mir hilft ja auch keiner«, ihr wisst es schon.

Nun hatte Anton mit der Zeit fast alles, was man besitzen kann, vom Farbfernseher bis zum VW-Golf, vom schottischen Whisky bis zum Nappaledermantel und so weiter, nur eines hatte er noch nicht: Ein eigenes Häuschen. Das sollte dieses Jahr werden, wenigstens der Anfang sollte werden. Denn drei bis vier Jahre würde er wohl brauchen. Er wollte natürlich sein Häuschen ganz allein bauen, verständlicherweise. Zwar hatte Sophie Ohnemich, seine Frau, die eigentlich Sophie Mitmir heißen müsste, weil sie ganz anders war als Anton, gemeint: »Frag doch mal Julius, ob er uns nicht ein bisschen beim Mauern helfen kann und Gottfried beim Dachdecken.« Aber da kam sie schlecht an. »Ohne mich«, sagte Anton. »Mir hilft keiner!«

Trotzdem ging unsere Geschichte anders weiter als ihr denken mögt, denn sie ist ein Märchen, aber vielleicht ist sie auch gar kein Märchen, sondern eine Hoffnung, für Anton und für uns alle.

Schon am zweiten Tage kamen nämlich nicht nur Julius und Gottfried, sondern auch Willi und Alfred und Gustav und Max. Max brachte sogar seine Frau mit und seinen achtzehnjährigen Sohn, von Beruf Elektriker. Wortlos langten sie zu, schaufelten die Grube aus für die Fundamente, karrten die Steine weg, mauerten, deckten das Dach und legten die Dielenbretter. Zwar hatte Anton ein paarmal versucht, sie davon abzuhalten. »Nicht nötig!« sagte er und »Ohne mich!« und »Wir schaffen das schon selber!« Aber dann ließ er es zu, nicht nur weil er mit seiner Ablehnung keinerlei Erfolg hatte, sondern auch, weil er mit der Zeit spürte, dass es gemeinsam besser und sogar wesentlich schneller ging als allein. Vielleicht würde sein Haus auf diese Weise schon in einem Jahr fertig werden.

Aber abends, nach Feierabend, bekam er es manchmal mit der Angst zu tun. »Sophie«, sagte er dann, »ich weiß nicht. Pass mal auf, die kommen dann alle zu mir, damit ich ihnen auch helfe.« »Na und?« antwortete Sophie. »Vielleicht macht's dir Spaß. Ihnen macht es doch offensichtlich auch Spaß.« Aber Anton gab sich nicht geschlagen. »Und sie werden uns alle zum Einzug besuchen und uns mindestens drei bis vier Monatsgehälter vom Tisch essen und trinken, was sage ich, vom Tisch fressen und saufen!« Sophie lächelte, aber wie es schien, lächelte sie ein wenig traurig. »Ich hätte schon gern einmal ein paar Gäste gehabt!« »Ohne mich«, sagte Anton. Und er wollte gerade fortfahren »Mir hilft ja …«, da besann er sich gerade noch rechtzeitig und ließ es bleiben.

Anton Ohnemich behielt Recht, das heißt, nicht ganz, das werdet ihr gleich erleben. Kaum war nämlich das kleine Haus fertig, rückten alle Helfer und Helferinnen in Marschkolonne an, Julius und Gottfried, Willi, Max samt Frau und Sohn und Gustav. Erwähnen muss ich, dass auch Julius und Willi ihre Frauen mitbrachten und Gustav seine Mutter, mit der er als Junggeselle zusammenlebte. Alle waren schwer bepackt. Anton schlug die Hände über dem Kopf zusammen, als er vorsichtig durch die Gardine schaute. Und er schlug sie nochmals zusammen, als sie auspackten: Wurst und Braten und Butter und Käse und Brötchen und Brot und Wein und einen Kasten

Bier und eine Flasche schottischen Whisky und so weiter und so weiter. Sie brachten das ganze Festessen mit, nicht nur für sich, sondern auch für Anton und Sophie. Zu guter Letzt, als alle reichlich satt geworden waren und noch ein Haufen von Speisen und Getränken übrig blieb und sie sich weigerten, die Reste wieder mitzunehmen, stellten sie sich feierlich im Halbkreis auf und überreichten Anton ein langes, flaches und rechteckiges Paket. »Das ist unser Geschenk für dich zum Einzug!« sagte Julius. »Packt es in Ruhe aus, wenn wir gegangen sind. Es war sehr schön in eurem neuen Häuschen. Uns hat es gut gefallen. Und vielen Dank auch für die freundliche Einladung! Auf Wiedersehen!« Julius sprach es so aus, dass auf dem »Wieder« eine besondere Betonung lag. Es sollte wohl heißen: »Wir kommen auf alle Fälle wieder!« Dann zogen sie wie auf Kommando aus der Stube auf die Straße und nach Hause.

Anton war ein wenig mulmig zumute, etwas »kariert«, sagte man auf seinem Dorf. Vor allem wegen des Dankes für die Einladung! Sie hatten ja gar niemand eingeladen! Die Gäste waren ganz von selbst gekommen. Er schnürte das Paket auf – und hielt einen gerahmten Spruch in der Hand, in schöner großer Kunstschrift geschrieben, zweifarbig, schwarz und golden mit einem goldenen Rahmen. Und so lautete der Spruch: »Ab heute heißt du für uns »Mituns«! Du brauchst uns zwar nicht zu helfen, aber wir helfen dir trotzdem.«

Anton Ohnemich las es und hielt es lange in der Hand. Dann las er es wieder und dachte noch länger darüber nach.

Wenn ich nicht irre, denkt er immer noch darüber nach. Ab und zu schüttelt er dann den Kopf. Offenbar weiß er nicht: »Soll ich das Schild nun aufhängen oder nicht?«

Deshalb kann ich euch inzwischen mal fragen, wie ihr darüber denkt: Soll er es sich aufhängen oder nicht?

Die Legende vom Stuhl im Himmel

Als Albrecht an den Himmel klopfte, ging es ihm nicht anders als es uns allen gehen wird, wenn wir eines Tages an den Himmel klopfen werden, vorausgesetzt, es ist wirklich der Himmel, an den wir klopfen. Diesmal war es wirklich der Himmel, und vieles ging ihm durch den Kopf. Er hatte eine Menge Bücher gelesen und eine Menge Predigten gehört und sogar gehalten über das zukünftige Leben, aber vorstellen konnte er es sich nicht. Wird's ein theologischer Gesprächshimmel sein, wo man frisch-fröhlich diskutieren kann über die Rechtfertigung allein aus dem Glauben, unbekümmert darum, ob man auch verstanden wird und unbelastet von irgendwelcher Mühe oder gar Verantwortung, die einen zwingen könnten, das Diskutierte in der Praxis einer Gemeinde zu verwirklichen? Würde man hier, was man sich oft gewünscht hatte, immer Recht behalten? Würde hier sogar der Papst der lutherischen Theologie zustimmen und sich endlich an einen Abendmahlstisch mit ihm setzen? Oder würde es ein Kinderhimmel sein, wo jeden Tag das Leibgericht auf den Tisch kommt, Nudeln mit Rindfleisch ohne jeden BSE-Verdacht? Und wo man im Bett liegen bleiben darf, wenn der Wecker klingelt? Wo man niemals zunimmt, auch wenn man noch so viel und noch so fett isst? Und wo man sich übrigens abends die Zähne nicht zu putzen und früh den Hals nicht zu waschen braucht? Noch ganz andere Himmel gingen ihm durch den Kopf, als ihm ein alter, freundlicher Herr die Tür öffnete und mit warmer, tiefer Stimme sagte: »Schön, dass du da bist! Komm rein!« »Doch ein Kinderhimmel«, dachte Albrecht bei sich und wurde ein wenig rot, denn vermutlich würde man im Himmel auch Gedanken lesen können. »Du brauchst nicht rot zu werden«, sagte der alte Herr, »natürlich ist der Himmel so, wie ihn sich die Kinder vorstellen. Das steht zwar schon in der Schrift, aber das Einfache hat bekanntlich den Theologen schon immer Schwierigkeiten gemacht. Na, das ist jedenfalls vorbei, wenigstens für dich, denn du kannst es nun sehen. Übrigens«, er schüttelte Albrecht die Hand, »ich bin der liebe Gott selber.« Er machte mit seinem Arm eine weit ausholende Geste über den ganzen Saal hin. »Und nun such' dir einen Stuhl aus!«

Jetzt erst bekam Albrecht einen Blick für den herrlichen Raum, mit goldbelegten und spiegelverzierten Stuckwänden und einem Deckengemälde wie in der Sixtinischen Kapelle. »Michelangelo!« sagte Gott, der seinen Blick verfolgt hatte, »er ist auch hier oben.« Rings an den Wänden standen lauter Stühle, hohe und niedrige, mit und ohne Armlehne, aus Holz, aus Stahl, gepolstert, mit Leder oder mit Samt überzogen, mit Wappen und Kronen verziert und holzgeschnitzten Blumen, die die Lehnen schmückten. Viele von ihnen waren besetzt. Und zu Albrechts Überraschung kannte er etliche von den dort Sitzenden, teils, weil er sie auf der Erde gekannt hatte, teils, weil man im Himmel auch diejenigen kennt, von denen man bisher nur gelesen hat. So saßen dort Johannes und Jakobus, die Söhne des Zebedäus aus der Bibel, für die sich ihre Mutter bei Jesus besonders prächtige Stühle im Himmel gewünscht hatte. Aber auch Maria, die Mutter Jesu, saß dort neben Katharina von Bora und der Mutter Theresa. Er erkannte außerdem drei Bischöfe seiner und der Nachbarkirchen, einen Ministerpräsidenten, der aus seinem christlichen Glauben nie ein Hehl gemacht und gesagt hatte, ohne die Bergpredigt könne man nicht regieren. Er sah einen Doktor der Philosophie, Karl den Fünften und Papst Gregor den Großen, Frau Trutschel aus seinem Nachbarhaus und noch den und den und den, ach, er konnte sie weder zählen noch auch nur mit den Augen erfassen. Jedenfalls kamen ihm ihre Stühle ziemlich hoch vor. Infolgedessen schauten ihre Besitzer alle ein bisschen von oben herab auf ihn. Ihre Gesichter waren gespannt, triumphierend und zufrieden, das heißt, eigentlich mehr triumphierend als zufrieden, fand er. Auf alle Fälle schienen sie bequem zu sitzen. »Na«, sagte Gott, »hast du gewählt?« »Noch nicht!« »Dann beeile dich. Es ist noch allerhand frei.« Albrecht bekam ein paar Falten auf der Stirn und kratzte sich hinter dem rechten Ohr. »Weißt du, auf der Erde habe ich immer zwischen den Stühlen gesessen. Und nun weiß ich gar nicht, welcher Stuhl für mich passt. Am liebsten würde ich wieder zwischen den Stühlen sitzen, aber das geht im Himmel wahrscheinlich nicht.« »Dann komm mal mit!« Gott führte ihn an eine breite Lücke zwischen zwei herrlichen gotischen Chorstühlen, auf denen er die Erzengel Gabriel und Michael erkannte. »Setz dich hierher!« Albrecht zögerte. »Nun mach schon!« Gott gab ihm zur Bekräftigung einen leichten Klaps auf die Brust – und Albrecht saß! Er saß, zwischen den Stühlen, aber ganz bequem. Und übrigens sehr hoch! Alle Stühle waren plötzlich klein geworden und niedrig und sahen schrecklich unbequem aus.

Albrecht war restlos glücklich. »Zum ersten Mal sitze ich zwischen den Stühlen wirklich bequem. Woher kommt das?« »Es ist mein Stuhl«, sagte Gott.

Das Märchen vom gepflegten Leben

Es waren einmal drei wunderschöne Mädchen, das erste hieß Annerose, das zweite hieß Anneliese, das dritte hieß Annemarie. Sie hatten lange dunkelbraune Haare und rehbraune Augen von der Sorte, mit der man auch festgefügte Männer aus der Verankerung reißen kann. Ihr Mund erweckte bei allen Leuten sogleich die sonderbarsten Gedanken. »Wie schön muss es klingen, wenn er lacht«, dachten die jungen Mädchen. »Wie lieblich muss es tönen, wenn er spricht«, dachten die älteren Frauen. »Wie muss es durchs Herz gehen, wenn er küsst«, dachten die Männer, und zwar die jungen und die alten. Sie hatten alle drei die gleiche erhabene Oberweite und die gleiche zierliche Taille, die gleichen gerade und rank gewachsenen Beine und den gleichen wiegenden Schritt, wie ihn nur die ganz großen Schauspielerinnen haben, wenn sie das Gretchen aus »Faust« an ganz großen Theatern spielen müssen vor ganz großem Publikum.

Der geübte Märchenleser wird vermutlich schon bei den rehbraunen Augen auf enge Verwandtschaft und spätestens bei der Taille auf das geschlossen haben, was die drei Mädchen Annerose, Anneliese und Annemarie in der Tat waren, auf Drillinge. Und wenn dies ein ganz richtiges Märchen wäre, dann wüsste man auch, wie es weitergeht: Drei wunderschöne Prinzen aus drei wunderschönen Reichen würden die drei wunderschönen Mädchen auf drei wunderschöne Schlösser führen und wunderschöne Hochzeit feiern. Und bald würden sie wunderschöne Kinder kriegen, und wenn sie nicht gestorben sind, dann leben sie noch heute. An dieser letzten Bemerkung ist tatsächlich etwas Wahres, denn was Annerose, Anneliese und Annemarie betrifft, so leben sie wirklich noch, und sie müssen leben als sprechendes Beispiel für die Moral unseres Märchens, denn es handelt sich im Folgenden – der Leser möge um der Sache willen ausnahmsweise zu Ende lesen und der Moral die Treue halten, so schwer es ihm auch fällt – um ein moralisches Märchen.

Annerose wusste, dass sie schön war, aber sie wollte gern noch viel schöner werden. Sie kaufte sich Puder und Schminke und Lippenstifte in allen Schattierungen, saß jeden Tag zwei Stunden vor dem Spiegel und anderthalb Stunden in der Badewanne (Schaumbad!), und da sie es sich leisten konnte (im Märchen kann man sich alles leisten), fuhr sie jedes Jahr viermal zu Karl Lagerfeld und ließ sich für jede Jahreszeit zwanzig neue Kleider machen, zehn zum Anziehen und zehn zum Ausziehen. Und jede Woche trug sie eine neue Haarfarbe. Aber ihr wisst, wie das ist – oder wisst ihr's nicht? – mit den Leuten, die die teuersten Kleider der Welt tragen: Sie sind alle viermal verheiratet und haben sieben Freunde, zufrieden sind sie nie und finden das Leben langweilig, obwohl sie nie Zeit haben. Sie haben viel Ärger und viel schlechte Laune, und anders erging es Annerose auch nicht. Sie bekam ein verärgertes Gesicht, die vielen Farben hinterließen ihre Spuren und Furchen, die Haare wollten nicht immer nur Wechselhaare sein und fielen aus, und mit fünfunddreißig Jahren war Annerose so hässlich, dass sie in »Hänsel und Gretel« hätte gut die Hexe spielen können, ohne einen Maskenbildner zu benötigen.

Anneliese wusste auch, dass sie schön war, aber es war ihr gleichgültig. »Auf die innere Welt kommt es an«, sagte sie und lernte Gedichte von Schiller und Goethe, bemühte sich, nett zu sein, ohne ihre Strümpfe zu stopfen, und hilfsbereit, ohne die Haare zu waschen. Sie las viel und hielt viel fromme Reden und trug die Sachen ihrer Großmutter ab, denn für den inneren Menschen genügt die Mode von gestern. So latschte sie auf schiefgetretenen Absätzen in ihr fünfunddreißigstes Jahr und wischte sich mit einem schmutzigen Taschentuch den Schweiß von der nicht immer ganz freundlichen Stirne, denn die Menschen haben keinen Sinn für innere Werte, die nicht wenigstens einen Abglanz nach draußen werfen, und sie vermuten kein freundliches Herz unter einem Unterrock, der 3 cm länger ist als das ihn umhüllende Kleid, ohne durch vorwitzige Spitzen zu erkennen zu geben, dass seine Sichtbarkeit einer absichtlichen höheren Ordnung entspringt. Um es kurz zu machen: Anneliese sah mit ihren fünfunddreißig Jahren immer noch oder vielmehr wieder genauso aus wie ihre Schwester Annerose.

Annemarie wusste ebenfalls, dass sie schön war, und sie freute sich darüber. »Denn womit habe ich das verdient?« fragte sie. Und »was man geschenkt bekommt, muss man pflegen«, sagte sie. Also pflegte sie sich, aber ganz, ganz sachte. Hier ein bisschen Rot auf die Lippen, da ein bisschen Rot auf die Backen, vorsichtig, damit nichts von der schönen Annemarie verloren ging und sich jeder an ihr freute. Sie hatte wenige, aber gut sitzende und geschmackvolle Kleider und Schuhe und Hüte und was ein Mädchen noch so braucht und was alle kennen, ohne dass es erst beschrieben werden muss. Aber man sah nie das Kleid oder die Schuhe oder was anderes, man sah immer die schöne Annemarie. Und einer, ein guter, tüchtiger und schöner Mann – fast wie im Märchen! –, sah sie sich sogar ganz genau an, und als er merkte, dass alles ganz echt war an ihr, die Haare und die Lippen und die Augenbrauen und die Figur und die Fingernägel, nahm er sie zur Frau. So kam es, dass Annemarie mit fünfunddreißig Jahren außer ihrem Mann noch fünf Kinder hatte und trotzdem viel schöner war, als sie je gewesen.

Aber wenn du einmal Annerose triffst oder vielleicht auch eine Anneliese – es müssen ja nicht dieselben sein wie hier – dann sage ihnen doch einen schönen Gruß von mir und sie sollten sich ein bisschen pflegen.

Das Herz im Spiegel

»Was ist eigentlich ein Christ?« fragte mich gestern Frank, ein aufgeweckter Bursche von dreizehn Jahren. Er wohnt unter uns. Und wisst ihr, was er noch sagte? »Sie sind doch einer, Sie müssen's doch wissen!« Ja, da hatte er Recht, ich müsste es wissen. Aber hättet ihr mich gestern sehen können, dann hättet ihr bemerkt, wie ich mit Daumen und Zeigefinger mein rechtes Ohr knetete. Das tue ich immer, wenn ich verlegen bin. Zum Glück fiel mir meine Großmutter ein. Sie war seinerzeit die einzige richtige Christin in unserer Familie – wir anderen waren es bloß dem Namen nach, und ich nicht einmal das! Eines Tages hatte ich sie nämlich genau das gefragt: »Was ist ein Christ?« Ich war damals übrigens ebenfalls genau dreizehn Jahre alt. Da erzählte mir meine Großmutter eine Geschichte. Und die will ich euch wiedererzählen, so wie ich sie gestern Frank erzählte.

Bei der Familie Eintracht gab's immer Krach, oft richtig laut und ständig leise. Man sprach zum Beispiel nicht miteinander. Und jeder versuchte beim Essen die besten Stücke für sich zu ergattern. Weder Vater noch Mutter noch die fünfzehnjährige Renate noch der zwölfjährige Klaus sagten jemals, wenn sie aus dem Hause gingen, wann sie wieder heimkommen würden. Und wenn dann einer oder eine nach Hause kam, war immer schon jemand da, der mit ihm oder mit ihr schimpfen konnte. Der Krach fing in der Regel früh unmittelbar nach dem Aufstehen an, wenn das Bad besetzt war – und das Bad war stets besetzt, denn Eintrachts standen einer wie die andere mindestens eine Viertelstunde vor dem Spiegel. Das hatten sie von Frau Eintracht übernommen. »Erziehung durch Vorbild«, heißt das in der modernen Pädagogik. Frau Eintracht brauchte so lange zum Schminken. Vater Eintracht brauchte so lange zum Kämmen, denn weil er nicht mehr so viele Haare hatte, legte er sich jedes einzelne Haar zurecht, damit es für andere so aussah, als ob er noch eine vollzählige Lockenpracht besäße. Aber er war wohl der Einzige, der das glaubte. Renate malte hingebungsvoll an ihren Lidschatten, jeden Wochentag in einer anderen Farbe. Und sogar Klaus entfernte sich sorgfältig alle Pickel, weil Pickel angeblich ein Merkmal sind für kleine Jungs. »Aha, wieder die Spiegelkrankheit«, sagte derjenige, der gerade draußen warten musste und dabei ganz und gar vergaß, dass er selber in den nächsten Minuten an der gleichen Krankheit leiden würde.

Eigentlich hätten Eintrachts Zwietracht heißen müssen. Es war richtig schade um den schönen Namen. Und das wäre heute noch so, wenn da nicht Herr Eintrachts guter Freund gewesen wäre, Emil Herz. Ihm klagte er eines Tages sein Leid. Emil fragte nach ein paar Einzelheiten und sagte dann sehr bestimmt: »Das liegt am Spiegel!« »Am Spiegel?« Vater Eintracht war einigermaßen verdutzt. »Ja, am Spiegel. Er ist nicht in Ordnung. Ich werde ihn reparieren.«

Natürlich war der Spiegel ganz in Ordnung. Nicht in Ordnung war etwas anderes, das werdet ihr gleich begreifen. Zunächst legte Emil dem ganz gewöhnlichen Spiegel, fünfundsiebzig Zentimeter hoch und fünfzig Zentimeter breit, ein zartes, durchsichtiges rosarotes Herz unter, links in der oberen Hälfte, so groß wie ein Menschenherz, genau dort, wo auch der Betrachter sein Herz hat, natürlich spiegelverkehrt. Dann gab er den Spiegel zurück, und sie hängten ihn wieder auf. Herr Eintracht hatte die Veränderung gar nicht bemerkt.

Am nächsten Morgen blieb die Mutter besonders lange im Bad. Sie war immer die Erste, aber weder aus Liebe noch aus Pünktlichkeit, sondern einfach, damit ihr niemand zuvorkam und den Spiegel »besetzte«, wie sie das nannte. Und was ihr passierte, passierte an diesem Morgen allen Eintrachts, und es passierte ihnen von da an täglich. Als Frau Eintracht in den Spiegel schaute und erst die Lippen, dann die Augenbrauen nachzog, sah sie plötzlich ihr Herz. Ja, das musste wohl ihr Herz sein! Ohne Zweifel sah sie durch sich selber hindurch, sie sah ihr Herz wie auf einer Röntgenaufnahme, sie sah sich sozusagen »ins Herz«. Man konnte allerdings nur eben schwach die Umrisse erkennen. Woran lag das nur? Vielleicht hatte sie überhaupt kein Herz mehr, sondern nur noch eine leere Hülle? Es klopfte ungeduldig. Sie wollte gerade rufen: »Wart's ab, du Affe!« Aber sie schlug sich mit der Hand auf den Mund. Das war ja kein Affe da draußen, das war ihr Mann! Beinahe hätte sie's vergessen. Wenn sie sich schminkte, vergaß sie überhaupt die ganze Familie. Ach, nicht nur beim Schminken! Den ganzen Tag über dachte sie eigentlich nur an sich, beim Essen, bei der Arbeit, beim Gehaltsempfang, beim Einkaufen ... Und jetzt, gerade jetzt, fiel ihr das ein, vor dem Spiegel mit ihrem Herzen, oder vielmehr ohne ihr Herz! »Ich will wieder ein richtiges Herz haben!« sagte sie entschlossen, riegelte die Tür auf und gab ihrem überraschten Mann einen herzhaften Kuss, was in diesem Falle wörtlich stimmte, denn ihr kam der Kuss tatsächlich mitten aus dem Herzen! »Und einen schönen Tag wünsche ich dir!« Dann weckte sie Renate und Klaus, zärtlich und sanft. Renate küsste sie auf die Wangen, Klaus fuhr sie sachte durchs Haar, während sie sonst immer nur die Tür einen Spalt breit öffnete und wie ein richtiger Unteroffizier hineinrief, nein, hineinbrüllte: »Aufstehn!« Es hätte nur noch die Trillerpfeife gefehlt.

Wie die Geschichte weitergeht, wollt ihr wissen? Nun, bei Eintrachts herrschte von diesem Tage an Eintracht. Und das lag am Spiegel. Sie hatten sich ins Herz gesehen. Wisst ihr jetzt, was ein Christ ist? Ich weiß es, aber ich habe über die Geschichte meiner Großmutter erst ein paar Jahre nachdenken müssen.

Das Märchen von der verkauften Zeit

Heute will ich euch von einem Bekannten erzählen. Vielleicht habt ihr ihn schon einmal gesehen. Er heißt Ferdinand Eilig, und die Kinder aus seinem Haus haben auf ihn einen Vers gemacht. »Ferdinand kommt immer gerannt«, singen sie, wenn sie ihn zu Gesicht bekommen, ihr könnt euch denken, warum. Ferdinand ist immer in Eile. Und wenn man ihm »Guten Tag« sagen will oder gar eine Hand geben, dann winkt er schon von weitem ab und ruft: »Bin ganz eilig! Keine Zeit! Keine Zeit!« Nein, Ferdinand hatte nie Zeit. Ferdinand hatte nämlich eine große Entdeckung gemacht. Er entdeckte, dass viele Leute keine Zeit haben. Und da gründete er ein Geschäft und handelte mit Stunden. Das sprach sich schnell herum, und die Menschen standen Schlange vor seiner Ladentür wie die Schnäppchenjäger beim Sommerschlussverkauf. Schließlich musste er Vorbestell-Listen auslegen, und mancher wartete auf seine Zeit fast so lange wie man zu DDR-Zeiten auf ein bestelltes Auto warten musste. Die Lieferzeiten wurden immer länger, natürlicherweise, denn Ferdinand reiste im ganzen Land herum und kaufte übrige Zeit ein – aber wo gab es schon übrige Zeit? Sie war mitunter noch schwieriger zu haben als frische deutsche Erdbeeren zu Weihnachten. Mal bekam er hier ein paar Minuten, mal dort eine Stunde, kaum einmal einen ganzen Tag und ein einziges Mal zwei Wochen auf einen Ritt, und auch das nur, weil ein Urlauber an der Ostsee sich ärgerte, dass es dauernd regnete.

Immerhin blühte Ferdinands Geschäft. Jedermann brauchte Zeit, und Ferdinand Eilig war bald der reichste Mann im ganzen Viertel. Zwar unterlag auch seine Ware dem allgemeinen Preisstop, aber unter der Hand steckte man ihm manchen Hundertmarkschein zu oder Dollars oder Euro oder Schweizer Franken! Leider wurde die Zeit mit der Zeit immer rarer, Ferdinand wusste kaum noch, wo er neue Stunden und Tage einkaufen sollte. Da entdeckte er durch einen Zufall in einem kleinen Dorf einen alten Schulfreund, Gottfried Selig. Sie hatten sich sehr lange nicht gesehen, und Gottfried freute sich sehr, er war geradezu selig, Gottfried Selig – das war er übrigens fast immer.

»Hast du Zeit?« sagte Ferdinand zu ihm. »Für dich jederzeit«, antwortete Gottfried, und Ferdinand spitzte die Ohren. Von da an ging sein Geschäft wieder blühend, denn Gottfried hatte in der Tat jedesmal Zeit für ihn, wenn er kam – und Ferdinand kam oft! Gottfried verlangte nicht mal was dafür. Als ihm Ferdinand Geld anbot, gab er eine merkwürdige Antwort, wenigstens für Ferdinand klang die Antwort merkwürdig. Gottfried sagte nämlich: »Ach, weißt du, die Zeit, die ich habe, die habe ich eigentlich nur für dich und für ein paar andere. Für mich brauche ich gar keine.«

»Das verstehe ich nicht«, sagte Ferdinand. »Das verstehst du nicht?« Gottfried schaute ihn lange an. »Es kommt einfach daher, dass ich meine ganze Zeit geschenkt bekommen habe.«

Eigentlich hätte es Ferdinand Eilig sehr nachdenklich stimmen müssen, was Gottfried da sagte, aber Ferdinand dachte natürlich nicht nach, dazu hatte er keine Zeit. Wie sagten die Leute? »Ferdinand kommt immer gerannt!«

Nun hat die Geschichte freilich einen Haken. Gottfried Selig wusste nämlich gar nicht, dass Ferdinand seine Zeit weiterverkaufte, keine Ahnung hatte er davon. Er freute sich nur immer, wenn Ferdinand ihn einmal besuchte und er ihm dann ein paar Stunden oder auch einen ganzen Tag schenken konnte – übrigens verschenkte Gottfried regelmäßig viele Stunden an viele Menschen, aber Ferdinand war der einzige, der sie weiterverkaufte. Und weil Gottfried Selig eines Tages Sehnsucht hatte nach seinem Freund Ferdinand – wenigstens hielt er ihn zu dieser Zeit noch für einen Freund –, machte er sich auf in die Stadt, um ihn seinerseits einmal zu besuchen. Als er vor seiner Haustür stand, wunderte er sich nicht schlecht, dass dort ein großes Schild hing mit der Aufschrift:

Ferdinand Eilig – Zeit-An- und -verkauf
Stunden, Tage und Wochen
im Groß- und Einzelhandel.

Gottfried überlegte mindestens fünf Minuten lang und ganz gründlich – Gottfried nahm sich nicht nur für andere Menschen, sondern auch zum Nachdenken viel Zeit – und dann ging ihm ein Licht auf. »Deshalb braucht Ferdinand immer so viel Zeit, wenn er mich besucht!« Kurzentschlossen klingelte er. »Guten Tag, Ferdinand. Hast du heute einmal ein wenig Zeit für mich?« Ferdinand hatte natürlich keine Zeit.

»Ach, du siehst ja, die Geschäfte!«

»Ich habe dir doch immer so viel Zeit geschenkt«, sagte Gottfried. »Hast du heute nicht einmal ein bisschen, ein kleines bisschen Zeit für mich?«

Ferdinand wurde es etwas unbehaglich zumute, aber drinnen wartete ein Kunde, der gleich drei Wochen kaufen wollte, für einen Zusatzurlaub auf den Bahamas – und er wollte 2.500 Euro bar auf die Hand bezahlen, sozusagen an der Steuer vorbei, wenn ihr wisst, was ich meine. »Es tut mir wirklich sehr leid, aber ich habe überhaupt keine Zeit mehr.«

Gottfried legte seine Stirn in tiefe Falten. »Das ist schlimm, sehr schlimm!« Er sah ganz traurig aus. »Aber warum denn?« Ferdinand war ehrlich erstaunt. »Es geht doch allen so. Kein Mensch hat Zeit. Glaubst du, ich würde sonst solche Geschäfte machen?« »Wer keine Zeit hat, lebt nicht«, sagte Gottfried. »Man kann doch nur leben, weil man Zeit hat. Ohne Zeit gibt es gar kein Leben.« Ferdinand lachte.

»Das kommt schon noch. Wenn ich genug Geld habe, dann nehme ich mir mal Zeit für mich. Dann wird gelebt und geschlemmt und genossen. Aber jetzt habe ich einfach keine Zeit dazu. Verstehst du das?«

»Ich verstehe dich wohl, aber du verstehst mich wirklich nicht.« Gottfried ging traurig aus dem Haus und schenkte Ferdinand von da an keine Minute mehr. Er verschenkte seine Zeit nur noch an die Menschen, die damit leben konnten. Infolgedessen hatte Ferdinand in Zukunft erst recht keine Zeit mehr, und deshalb lebt er auch nicht, aber er kann auch nicht sterben, weil er – ihr könnt es euch denken – selbst dazu keine Zeit hat. Aber ihr habt doch alle Zeit, wie? Oder lebt ihr etwa auch nicht?

Von dem Briefträger, der gern Postminister werden wollte

Ganz am Anfang ist unsere Geschichte sehr schön. Sie spielt in einem kleinen Dorf mit sauberen Häuschen, grünen Wiesen und braunen Feldern und viel Wald, sehr viel Wald. Außerdem war das Dorf sehr lang. Immer wenn man dachte: »Das war nun das letzte Haus, und jetzt kommt der Wald«, kam noch ein verstecktes Häuschen mit Schindeln auf dem Dach und Fachwerk ringsherum und sorgfältig aufgeschichteten Meilern aus gehacktem Holz davor, und dann kam immer noch eins, und dann immer noch eins.

Das dachte auch der Briefträger Waldemar, wenn er täglich seine Post austragen musste und gute und schlechte Nachrichten in jede Stube brachte. Er war gern Briefträger und lief gern durch die Hauptstraße und die Feldwege und den Wald. Und er war ein tüchtiger Briefträger! Noch niemals hatte er auch nur eine Postkarte verloren, und sein Geld stimmte immer. Die Leute nickten wohl mit dem Kopf, wenn er draußen vorbeiging, und sagten: »Ja, der Waldemar, so einen Briefträger haben wir noch nie gehabt! Immer fröhlich und immer zuverlässig! Er ist wirklich mit dem Herzen bei der Arbeit!« Und wenn Waldemar zufällig eines dieser Worte aufschnappte, dann freute er sich, denn tüchtig wollte er gern sein, und ein gutes Herz haben wollte er auch – und das wollte übrigens auch seine Frau. Das war eine Frau! Eine schöne Frau! Nicht zu groß und nicht zu klein, nicht zu dick und nicht zu dünn, mit kastanienbraunem Haar und rehbraunen Augen. Ihr denkt vielleicht, braunes Haar und braune Augen, das passt nicht zusammen! Oh nein, es passte sogar ganz wunderbar, wie im Laden füreinander ausgesucht. Und wen sie anschaute, dem wurde es richtig warm ums Herz, und wenn sie lachte, dann musste jeder mitlachen, der zufällig in der Nähe war. Deswegen bummelte Waldemar auch niemals, wenn er mit seiner schweren Tasche unterwegs war. Er freute sich viel zu sehr auf zu Hause.

Aber weil nun jedermann zu Waldemar sagte, wie tüchtig er sei – und er war es ja! – , wurde er in seinem Herzen, im alleräußersten Winkel, ein kleines bisschen, wirklich nur ein kleines bisschen, eingebildet. Erst merkte es gar keiner, aber seine Frau merkte es natürlich gleich. Waldemar sagte nämlich eines Tages zu ihr: »Weißt du, ich würde ja zu gern Oberbriefträger werden! Dann würde ich ein Fahrrad bekommen, und wir verdienten jeden Monat zehn Mark mehr!« »Ach, Waldemar, ich bin zufrieden«, sagte sie, »ich finde, wir haben alles. Meinst du nicht auch?« »Na ja«, sagte Waldemar, »na ja.« Weiter sagte er nichts.

Es dauerte nicht lange, da wurde er tatsächlich Oberbriefträger, bekam ein Fahrrad und im Monat zehn Mark mehr. Er war jetzt länger unterwegs, weil er auch im Nachbardorf Post austragen musste, aber er war ja ein sehr tüchtiger Briefträger, und er verlor niemals auch nur eine Postkarte und keinen Pfennig Geld. Nun hat ein Oberbriefträger natürlich mehr Geld auszutragen als ein gewöhnlicher Briefträger, und es war nicht gut für Waldemar, dass er täglich so viel Geld sehen musste, denn da dachte er bei sich: »Es wäre doch schön, wenn ich Direktor in einer kleinen Post werden könnte, dann hätte ich zwanzig Mark mehr im Monat und könnte mir bald ein Motorrad kaufen.« Seiner Frau sagte er nichts davon, aber sie kannte ihn gut genug und merkte es auch so. Und da wurde sie ein bisschen traurig und lachte nicht mehr so lang und so hell wie sonst.

Was soll ich euch erzählen? Natürlich wurde Waldemar Direktor einer kleinen Post und auch Direktor einer großen und dann Direktor der Post im ganzen Bezirk. Da hatte er schon ein Dienstauto und kam nur noch übers Wochenende nach Hause. Und er verdiente im Monat nicht zehn, nicht zwanzig, nicht hundert, sondern zweihundert Mark mehr! Und immer noch verlor er keine Postkarte und rechnete keinen Pfennig falsch ab, ja, er gab sich mehr Mühe als je zuvor. Er trug nicht mehr seine blaue Uniform, sondern einen feinen Anzug und hatte ein silbernes Feuerzeug. Er rauchte auch keine Pfeife mehr. Was hätten seine Mitarbeiter auf der Bezirkspostdirektion sagen sollen, wenn er seine schöne Porzellanpfeife geraucht hätte mit dem Reiter drauf und den zwei Säbeln und der Jahreszahl 1813 zur Erinnerung an die Völkerschlacht bei Leipzig? Er rauchte Zigaretten aus einer ganz langen Spitze, und natürlich rauchte er im Dienst, weil das viel wichtiger aussah und weil alle im Dienst rauchten. Ab und zu sagte er zu seiner Frau, wenn er sie am Wochenende besuchte: »Du könntest doch mit in die Stadt ziehen! Wir bekommen dort eine schöne Wohnung, die Dienstwohnung für den Direktor der Bezirkspostdirektion!«

Das Wort »Bezirkspostdirektion« gehörte zu seinen Lieblingsworten, und er sprach es oft aus. Aber seine Frau sagte: »Lass nur, ich fühle mich hier wohl und habe alles!« Dabei schaute sie immer ein wenig auf die Seite und wischte sich schnell mit der Hand über die Augen, aber Waldemar merkte es gar nicht, weil er sich gerade eine neue Zigarette anzündete. Er fragte auch immer seltener, und das schon deswegen, weil er immer seltener heimkam.

Eines Tages versammelten sich alle Direktoren der Bezirkspostdirektionen in der Hauptstadt, weil der alte Postminister in den Ruhestand treten wollte. Deshalb hielt er eine große Rede und war sehr gerührt und bedankte sich, dass alle Direktoren der Bezirksdirektionen immer so tüchtig gewesen waren. Und dann sagte er: »Ich möchte gern, dass der Tüchtigste von euch mein Nachfolger werden soll, und den sollt ihr selber bestimmen!« Da sagten alle wie aus einem Munde: »Waldemar!«

Und da wurde unser Waldemar Postminister. Er zog in die Hauptstadt, hatte ein großes Auto mit zwei Chauffeuren als Dienstwagen. Zwei Chauffeure mussten es sein, damit der Postminister Tag und Nacht fahren konnte, wohin er wollte und musste, denn ein Postminister muss natürlich wie jeder Minister viel draußen herumfahren. Außerdem hatte er ein Auto extra für sich für die Sonntage. Und dann bezog er eine große Villa, und das war eine ganz vornehme Villa, denn ein Minister hat so viel zu tun und muss auch, wenn er zu Hause ist, noch so viel nachdenken, dass er schon eine schöne Villa haben muss, nicht nur schön, sondern auch bequem. Und weil Waldemar besonders klug und tüchtig war, war auch seine Villa noch bequemer und schöner als die meisten anderen Villen. Sie hatte natürlich einen Fahrstuhl und einen Kühlschrank und eine Waschmaschine – eine vollautomatische –, da brauchte er nur seine schmutzigen Sachen oben hineinzuwerfen, und sie kamen unten fertig wieder heraus. Ihr denkt sicher, sie wären nur gewaschen! Bewahre! Sie waren gebügelt und gestopft, das eingerissene Futter war wieder angenäht, die Knöpfe ersetzt, die Manschettenknöpfe (aus Silber!) frisch poliert, die Reißverschlüsse geölt und die Knopflöcher frisch eingefasst. Und dann hatte er eine andere Maschine, da warf er seine alten Schlipse hinein und zog unten neue heraus, und das waren immer die modernsten. Wenn es gerade Mode war, kamen auch Schleifen und Fliegen heraus, wisst ihr, die nicht so lang herunterhängen, sondern die quer herüberstehen und manchmal unter den Kragen gesteckt werden. Natürlich ersetzte diese Maschine auch seine alten Hemden gegen neue und lange Jacken gegen kurze und Hosen mit Aufschlag gegen Hosen ohne Aufschlag und Pullover gegen Westen und Westen gegen Strickjacken und Strickjacken gegen Samtjacken, wie es eben gerade Mode war. Und in jedem Zimmer hatte er einen Fernsehapparat, im Wohnzimmer, wenn er heimkam, im Schlafzimmer direkt gegenüber dem Bett, wenn er nachts nicht schlafen konnte. Und natürlich hatte er auch Videos, wenn das Fernsehprogramm zu langweilig war, und das kommt vor! Er brauchte dann nur in ein kleines Mikrophon unter dem Kopfkissen zu rufen: »Wildwest«, dann kam ein Wildwestfilm, oder »Krimi«, dann kam ein Kriminalfilm, oder »Liebe«, dann kam ein Liebesfilm. Er hatte sogar einen Fernsehapparat in dem Zimmer, wo man nun wirklich nicht hingeht, um fernzusehen, sondern um ganz andere Geschäfte zu erledigen. Aber es konnte ja passieren, dass er plötzlich mitten in einem spannenden zwölfteiligen Kriminalfilm hinausmusste, und da brauchte er nichts zu versäumen.

Ich könnte euch noch viel erzählen von seiner Villa. Er hatte zum Beispiel einen wunderschönen

Wecker, der klingelte nicht nur, sondern kippte ihn sanft aus dem Bett in ein Gestell hinein, auf dem seine Hosen so hingen, dass er mit den Beinen direkt in die Hosen fuhr und die Arme ein wenig anzuheben brauchte, schon war er im Hemd und glitt in die Jacke. Und statt einer Küche hatte er eine große Schalttafel, da konnte er jede Mahlzeit einstellen, zu der er Lust hatte: Hummermayonnaise und Wiener Schnitzel, Pampelmusensaft und Ananas und Fürst Pückler, Brezeln und Kassler, Truthahn und grüne Klöße – grüne Klöße! Da haben wir's! Einmal bestellte er nämlich grüne Klöße, wisst ihr, aus rohen Kartoffeln und Kartoffelbrei, aber das sage ich so einfach dahin! Nun mischt das erst mal so zusammen, dass richtige grüne Klöße daraus werden! Das ist schwer! Das kann überhaupt nur meine Frau und noch ein paar ganz wenige sehr tüchtige Hausfrauen. Wisst ihr, wer auch grüne Klöße kochen kann? Waldemars Frau! Aber nun wird es höchste Zeit, dass ich euch etwas verrate, etwas sehr Trauriges: Waldemar hatte nämlich seine Frau ganz und gar vergessen. Er fuhr schon lange nicht mehr heim. Ab und zu hatte er einen Brief geschrieben, dann eine Postkarte zum Geburtstag, dann gar nichts mehr. Er hatte ja so viel zu tun! Und er hatte sein schönes Auto und das Fernsehen und viele schöne Bücher zum Lesen und so viel zu essen – sogar grüne Klöße! Aber als er in den ersten Kloß hineinbiss, da kam ihm eine Erinnerung, nein, eigentlich keine Erinnerung, aber beinahe eine Erinnerung. Er schaute den grünen Kloß an, von vorn und von hinten, von rechts und von links, dann schüttelte er den Kopf und sagte: »Da war doch was! Ich habe doch schon irgendwo bessere grüne Klöße gegessen! Aber wo war das denn? Wo war das denn?«

Und dann ging er ins Bett und konnte lange nicht einschlafen. Plötzlich, nachts um zwei, klingelte das Telefon. Das war nichts Ungewöhnliches bei einem Postminister. Er hatte deswegen ein Telefon gleich neben dem Bett stehen, ich sage: ein Telefon, denn er hatte natürlich viele Telefone, in jedem Zimmer eins, in manchen sogar zwei, er konnte beim Essen und beim Schlafen, beim Rasieren (er rasierte sich natürlich elektrisch) und beim Zeitunglesen telefonieren. Er hob also den Hörer ab und sagte ein bisschen verschlafen: »Hier Postminister!«

Früher hatte er gesagt: »Hier Waldemar!« Das sagte er schon lange nicht mehr. Aber plötzlich wurde er hellwach. Und ein bisschen blass! Aus dem Hörer kam eine dunkle Stimme: »Hier ist der Geist Holunderbusch! Laufe – renne – schwimme!« »Wer dort?« sagte Waldemar. »Hier ist der Geist Holunderbusch! Laufe – renne – schwimme!«

Dann wurde drüben der Hörer aufgehängt. Waldemar war mächtig erschrocken. Holunderbusch? Er kannte doch einen Holunderbusch, aber er wusste nicht mehr, woher. Wir wissen es natürlich, denn neben seinem Häuschen daheim stand ein schöner großer Holunderbusch, daneben saß jetzt oft seine liebe gute Frau und weinte, warum, brauche ich euch nicht zu erklären. Aber das hatte Waldemar vergessen. Und laufen sollte er, rennen, schwimmen? Er war schon lange nicht mehr gelaufen. Er hatte sich einen extra Fahrstuhl bauen lassen, da konnte er vom Frühstückstisch, ja sogar vom Bett direkt ins Auto. Hui, ging es, schon saß er unten, ohne die Beine zu rühren. Es war lange her, seit er das letzte Mal gelaufen war.

Er hatte den Geist Holunderbusch schon wieder vergessen, als er eines Tages mit seinem Dienstauto durch das Land fuhr. Plötzlich sah er auf einem Feldweg eine schöne, nein, eine wunderschöne Frau, nicht zu groß, nicht zu klein, nicht zu dick, nicht zu dünn mit kastanienbraunem Haar. Da rief er, so laut er konnte: »Anhalten!« Dann stieg er aus dem Auto und lief über das Feld, nicht sehr schnell, er war das Laufen gar nicht mehr gewöhnt. Er lief eine halbe Stunde, aber die Frau fand er nicht wieder.

In der nächsten Nacht schlief er wieder sehr spät ein, aber er war kaum eingeschlafen, da klingelte das Telefon: »Hier ist der Geist Holunderbusch! Renne – schwimme!«

Und da fiel es ihm wie Schuppen von den Augen. Jawohl, ein Holunderbusch stand doch in seinem Heimatdorf neben seinem Haus. Mehr fiel ihm allerdings nicht ein, aber es war schon allerhand, das werdet ihr zugeben. Waldemar lief nun öfter, er benutzte nicht einmal seinen Spezialautofahrstuhl, um auf die Straße zu kommen. Und er freute sich ganz mächtig, wenn er irgendwo einen Holunderbusch sah.

Eines Tages fuhr er wieder über Land, und da sah er mitten im Wald plötzlich eine schöne, nein, eine wunderschöne Frau, nicht zu groß und nicht zu klein, nicht zu dick und nicht zu dünn mit kastanienbraunem Haar. Da rief er wieder ganz laut: »Anhalten!« Dann sprang er aus dem Auto und rannte in den Wald hinein, er rannte und rannte eine ganze Stunde lang, und weil er in letzter Zeit oft gelaufen war, konnte er auch wieder rennen, aber die schöne Frau fand er nicht wieder.

In der nächsten Nacht klingelte wieder das Telefon, als er endlich eingeschlafen war. Wir wissen schon, was kommt. »Hier ist der Geist Holunderbusch! Schwimme!« Und da schlug sich Waldemar plötzlich vor den Kopf und sagte: »Ich Idiot!«

Ihr müsst zugeben, dass Waldemar sehr viel klüger geworden war, sonst hätte er so etwas Vernünftiges bestimmt nicht sagen können. Ihm war nämlich eingefallen, wer die schöne Frau war, die wunderschöne Frau, nicht zu groß und nicht zu klein, nicht zu dick und nicht zu dünn, mit kastanienbraunem Haar und – natürlich – mit rehbraunen Augen. Das war seine Frau! Seine liebe hübsche Frau, die er schon lange vergessen hatte, und die, die so gute grüne Klöße kochen konnte! Und da fing er an zu weinen. Richtig zu weinen! Es ist eigentlich ungehörig, wenn ein

Postminister weint, aber es war ja nachts und niemand dabei, und ihr werdet es sicher nicht weitererzählen.

Von da an war Waldemar immer sehr traurig und sehr unruhig und schaute sich andauernd nach allen Seiten um. In diesen Tagen trafen sich gerade alle Postminister der Welt zu einer großen Beratung, und weil sie sich so sehr beraten mussten und das so anstrengend war, sagte Waldemar: »Heute wollen wir einmal nicht beraten, weil wir schon so viel beraten haben und so schönes Wetter ist. Wir fahren mit dem Schiff über den See!« Und da fuhren sie alle mit dem Schiff über den See und waren sehr froh, dass sie mal nicht miteinander beraten mussten. Als sie mitten auf dem See waren, kam ein kleines Ruderboot geschwommen, vielleicht zweihundert Meter weit weg. Und wer saß in dem Ruderboot? Eine schöne, nein, eine wunderschöne Frau, nicht zu groß und nicht zu klein, nicht zu dick und nicht zu dünn, mit kastanienbraunem Haar und mit rehbraunen Augen. Das konnte natürlich keiner erkennen, aber Waldemar wusste es, er wusste es ganz genau, und darum schwang er sich vor allen Postministern der ganzen Welt über das Geländer des Schiffes, sprang ins Wasser und schwamm in kräftigen Stößen auf das kleine Boot zu. Die Postminister waren natürlich sehr erschrocken und warfen gleich einen Rettungsring ins Wasser und tuteten aufgeregt mit der Sirene auf ihrem Schiff, aber Waldemar schwamm immer weiter – und diesmal fuhr das Boot nicht davon, sondern es lag ganz ruhig auf dem Wasser, bis er es erreichte und hineinkletterte.

Muss ich euch weitererzählen? Es war wirklich seine Frau. Und obwohl alle Postminister der ganzen Welt zuschauten, fiel ihr Waldemar um den Hals und drückte sie und lachte und weinte und drückte sie wieder und küsste sie und sagte immer dazwischen: »Ich alter Idiot! Ich alter großer Idiot! Ich dummer Mensch! Ich ganz dummer Kerl!« Und die Postminister der ganzen Welt waren ihm schnurzpiepegal.

Eigentlich ist die Geschichte jetzt aus. Aber ich will euch doch noch verraten, dass Waldemar bei dem Obersten aller Minister vorsprach und darum bat, dass er wieder Briefträger in seinem kleinen Dorf werden wollte, ohne Fahrrad und ohne Zigarette – und ohne Stolz! Aber der Oberste aller Minister war beinahe noch klüger als Waldemar, und vor allem war er weise. Vielleicht wisst ihr nicht, was das ist: »weise«, aber ihr werdet es gleich verstehen. Der Oberste aller Minister hielt nämlich eine kleine Rede.

»Waldemar«, sagte er, »ich habe dich schon lange beobachtet. Und ich war sehr traurig über dich. Du warst immer sehr tüchtig, aber du wurdest stolz und hochmütig und dachtest an Geld und Autos und Fernseher und Zigaretten. Deswegen habe ich mir hin und her überlegt, ob du überhaupt Postminister bleiben kannst, denn ein stolzer und eingebildeter Minister ist ein schlechter

Minister. Aber nun, wo du wieder bescheiden geworden bist und deine Frau wiedergefunden hast und wieder weißt, dass neben deinem Häuschen ein Holunderbusch steht, kannst du auch Postminister bleiben.«

Nun habt ihr sicher gemerkt, dass der Oberste aller Minister wirklich sehr klug und weise gewesen ist, und wenn ihr es nicht gemerkt habt, dann kann ich es auch nicht ändern, dann müsst ihr vielleicht diese Geschichte noch einmal von vorn lesen.

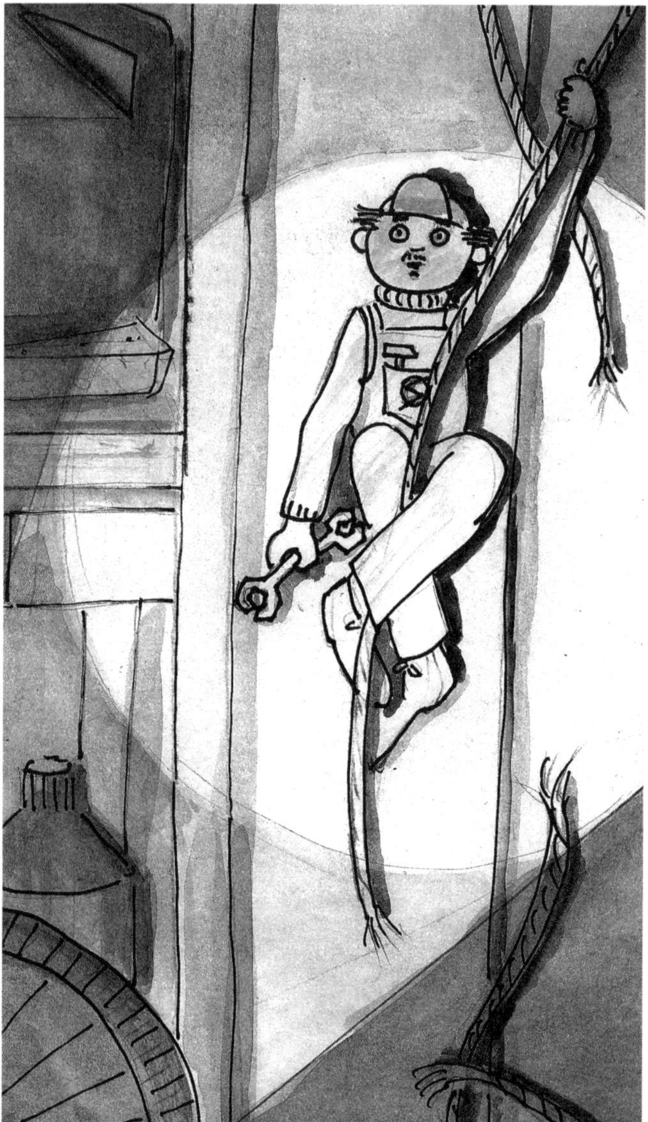

Das Märchen von Arthur Hoppelmobil

Das ist nun eine alte Geschichte. Sie stammt aus der Zeit, als es noch zwei Deutschlands gab, eins im Westen und eins im Osten. Aber ich kann sie nun mal nicht vergessen.

Sie fing mit meinem Ärger an, mit meinem Ärger über die riesige Spinnwebe. Das heißt, eigentlich war es gar keine Spinnwebe, aber das konnte ich damals nicht wissen. Ich ärgerte mich, und zwar jeden Tag aufs neue, denn jeden Tag hing in der hintersten dunkelsten Ecke meiner Garage eine neue Spinnwebe, obwohl ich jeden Tag den Besen nahm und sie herunterkehrte.

»Heute musst du die Spinne selber finden«, sagte ich zu mir. »Dann machst du sie tot und hast Ruhe.« Spinnen sind kluge Tiere. Ich wartete, bis es dunkel wurde, und dann schlich ich mich leise in meine Garage hinein. Und plötzlich knipste ich meine Taschenlampe an, genau auf die Spinnwebe gerichtet – und da saß, nein, keine Spinne, sondern ein kleines Männlein, höchstens zwei Zentimeter lang. Es war zweifellos schon älter, denn sein Haar war an den Schläfen grau. Es trug eine blaue Schlosserkombination und eine Baskenmütze auf dem Kopf, eine winzig kleine Baskenmütze. Ich fasste es vorsichtig zwischen Daumen und Zeigefinger, setzte es auf meine Hand und hielt es ganz dicht vor die Augen. Und da erkannte ich über der linken Brusttasche ein stecknadelgroßes Abzeichen. Wisst ihr, was für eins? Ein großes »S« in einem Ring! Wahrscheinlich wisst ihr gar nicht mehr, was das heißt. Es heißt »Sachsenring«. Das war die Fabrik, in der damals in der DDR unser schönster Kleinwagen hergestellt wurde, der »Trabant«, den heute noch mancher Deutsche voller Stolz als einen »Oldtimer« fährt.

»Nanu«, sagte ich zu dem Männlein »wer bist denn du?« Aber ich bekam keine Antwort, denn das Männlein heulte ganz furchtbar, es schüttelte sich richtig.

»Ich tue dir doch nichts, du brauchst doch keine Angst zu haben«, sagte ich. Da holte er sein Taschentuch aus der Tasche, ungefähr anderthalb Millimeter im Durchmesser, und schneuzte sich kräftig. »Das ist bloß, weil ich so nervös bin. Und daran bist du schuld!« »Ich? Wieso bin ich schuld, dass du so nervös bist? Ich kenne dich ja gar nicht!«

Er fing gleich wieder an zu heulen. »Du hast mir jeden Tag mein Haus kaputtgemacht, und jedesmal, wenn ich von der Arbeit kam, musste ich es wieder bauen.« Ich fing an zu lachen. »Du meinst wohl die Spinnwebe in der Ecke?« Er schaute mich böse an und hörte vor Empörung gleich auf zu weinen. »Mein Haus«, sagte er.

Das tat mir doch ein bisschen Leid, und ich entschuldigte mich, ich hätte nicht gewusst, dass es sein Haus sei, und wenn ich ihn gekannt hätte,

hätte ich mir natürlich die größte Mühe gegeben, und er soll es mir nicht weiter übel nehmen, und was man so alles sagt, wenn man was falsch gemacht hat und verlegen ist. Das tat ihm gut. »Aber du darfst nicht verraten, dass du mich gesehen hast!« »Wem soll ich denn das nicht verraten?« »Meinem Chef«, sagte er. »Ich gehöre doch zur fünften Brigade.«

Jetzt kam ich wirklich nicht mehr mit. »Na, wer bist du denn eigentlich? Ich habe keine Ahnung gehabt, dass es heutzutage überhaupt noch solche kleinen Männer gibt, geschweige denn in meiner eigenen Garage.«

Da verbeugte er sich, nahm mit einem zierlichen Schwung seine Baskenmütze ab und sagte: »Arthur Hoppelmobil, ich bin das Geistlein deines Trabanten. Ich halte das Auto in Schwung.«

Ich war sprachlos. »Wie machst du denn das?« »Ich schaue jeden Tag alles durch, und wenn was kaputt ist, dann mache ich es entweder ganz oder so kaputt, dass du gar nicht fahren kannst, damit unterwegs nichts passiert. Und wenn du unterwegs bist, so sorge ich dafür, dass du nicht leichtsinnig wirst.« »Du kleiner Mann? Wie willst du denn das anstellen?« »Ganz einfach. Früh, wenn du losfährst, klemme ich mich unter das Gaspedal. Du denkst immer, der Trabant springt nicht an, aber wie kann er anspringen, wenn ich dazwischenklemme? Da habe ich schon viel gelacht. Und wenn du abgefahren bist, klemme ich mich immer noch ein bisschen dazwischen, bis du richtig munter bist. Dann kann ich loslassen. Aber wenn du heimfährst zu deiner Christel, dann mache ich es umgekehrt. Ich zerre von unten am Gaspedal, und du wunderst dich, dass es auf einmal schneller geht.«

Ich war platt. Das stimmt! Jedesmal, wenn ich zum Beispiel von Berlin heim nach Leipzig fuhr, fiel es mir auf, dass mein Trabant in der Gegend von Bitterfeld anfing zu sausen. Er fuhr dann immer viel schneller, als ein Trabant eigentlich fahren kann. Aber ich dachte, das kommt mir nur so vor.

»Das war ich«, sagte Arthur stolz und lächelte in sich hinein. »Und wie ist das mit der fünften Brigade?« fragte ich. »Wir sind organisiert. Und die Trabanten hat ein alter erfahrener Geist unter sich, Emil Zylinder, und Emil ist sehr streng, und wir sollen uns eigentlich nicht sehen lassen, weil doch die Leute glauben, heute gäbe es keine Geister mehr.« »Und wie kommst du in meinen Trabant?« »Ich bin versetzt worden«, sagte er. »Ich fuhr früher einen Wartburg, aber nun bin ich ja schon ein bisschen älter, und da sollte ich einen Posten kriegen, wo es kaum über die hundert Kilometer hinausgeht. Und so bin ich in deinen Trabant versetzt worden.«

Das war eine große Überraschung, das kann sich jeder denken, ob er nun Auto fährt oder nicht. Aber nun fahre ich natürlich viel lieber mit meinem Auto, vor allem fahre ich viel lieber allein. Denn wenn ich dann unterwegs bin und

Arthur ist mit seinem Kontrollgang fertig, dann setzt er sich neben dem Lenkrad auf den Blinker und erzählt mir aus seinem Leben. Und ich höre zu. Und vielleicht erzähle ich euch mal was davon. Ihr dürft es nur Emil Zylinder nicht verraten.

Die Legende von der Musik im Himmel

Eines Tages starb der berühmte Dirigent Johann Sebastian Fluss. Eigentlich hieß er schlicht und einfach Wilhelm Murks. Aber er hatte sich einen Künstlernamen zugelegt, denn ein Dirigent kann doch nicht »Murks« heißen, das werdet ihr einsehen. Und ihr werdet sicher auch verstehen, warum er sich die Vornamen »Johann Sebastian« zugelegt hatte. Nur statt »Bach« sagte er dann doch lieber »Fluss«, da war er zu bescheiden – oder vielleicht auch ganz im Geheimen nicht, denn ein Fluss ist schließlich größer als ein Bach.

Johann Sebastian Fluss hatte siebenundfünfzig der berühmtesten Orchester der Welt dirigiert. Er besaß drei große Häuser, eines in Berlin, eines am Genfer See und eines am Fudschijama, das ist ein wunderschöner Berg in Japan. Und schließlich hatte er eine Menge Geld auf fünf verschiedenen Banken, in Dollar, in Schweizer Franken, in D-Mark und neuerdings auch in Euro. Dazu drei Autos, zwei mit, eines ohne Chauffeur, und sogar ein Privatflugzeug! Heutzutage sagt man dazu »ein Jet«. Und wenn Johann Sebastian Fluss sagte »mein Jet«, dann merkte man gleich: er war eben ein ganz besonderer und überdies ein ganz berühmter und bedeutender Mann.

Nun hatte aber Johann Sebastian Fluss mit seiner Musik unzähligen Menschen in der ganzen

Welt viele, viele Male unaussprechliche Freude gemacht, mal mit Bach, mal mit Beethoven, mal mit Mozart, mal mit Tschaikowski, jedenfalls mit lauter guter und wirklich schöner Musik. Und deshalb war er nach seinem Tode in den Himmel gekommen.

Als der heilige Petrus die nötigen Aufnahmeformalitäten erledigte, sagte Johann Sebastian Fluss: »Herr Petrus, wie ist das denn? Haben Sie im Himmel eigentlich auch ein Orchester?« »Aber natürlich«, antwortete Petrus, »womit sollten wir denn sonst unsere berühmte himmlische Musik machen!« »Und – darf man da mitspielen?« »Selbstverständlich! Ich werde sie gleich in unsre Orchesterkartei eintragen.« »Herr Petrus, dürfte ich mir noch eine Frage erlauben: wer spielt denn da so mit?«

Petrus legte seinen Kugelschreiber nieder und lehnte sich in seinen Sessel zurück. »Ach, Herr Fluss, alles, was gern Musik macht und gern singt! Zum Beispiel der Herr Brahms und der Herr Bach mit seinen Söhnen, der Herr Händel und der Herr Beethoven.«

Johann Sebastian Fluss' Augen strahlten. »Wollte ich schon lange mal kennenlernen, den Herrn Beethoven! Wissen Sie, gerade an ihn habe ich nämlich eine interessante Frage zu stellen, wegen des dritten Satzes seiner siebenten Sinfonie, wo die Streicher ...« Der heilige Petrus winkte ab. »Ach, fragen Sie ihn das nur selbst. Davon verstehe ich nichts. Ich bin völlig unmusikalisch. Ich habe nämlich hier nur das Amt der Schlüssel. Ja, und dann sind da noch der Herr Louis Armstrong und der Herr Maurice Chevalier und die Frau Mahalia Jackson ... «

Johann Sebastian Fluss unterbrach ihn. »Machen die denn jetzt seriöse Musik?« »Nein, himmlische«, sagte Petrus. Herr Fluss war sichtlich verwirrt, aber Petrus tat, als merke er es nicht. »Außerdem ist da noch der Herr Frank Trödel...« »Etwa der bekannte Schlagersänger?« »Eben der. Was glauben Sie denn, wie gern der singt und wie vielen Menschen er schon Freude gemacht hat!« Petrus schaute Herrn Fluss prüfend an und legte seine Stirn ein wenig in Falten. »Vielleicht sogar mehr Menschen als Sie! Und dann singt übrigens bei uns auch Frau Magdalena Fliederbusch mit, die müssten Sie kennen.«

Johann Sebastian Fluss stöhnte laut auf. »Meinen Sie etwa meine Nachbarin?« Petrus nickte. Herr Fluss wurde für den Himmel entschieden ein wenig zu laut. »Die *kann* doch gar nicht singen!« Er sprach das »kann« aus, als ob es mindestens mit sechs »n« geschrieben würde. Petrus lächelte. »Sie singt sehr gern.« »Aber falsch!« rief Herr Fluss dazwischen. Da lächelte Petrus nicht mehr, er lachte laut.

»Herr Fluss, Herr Johann Sebastian Fluss, wie stellen Sie sich den Himmel vor? Im Himmel gibt es keine falschen Töne! Denn entweder freut man sich über Gott, dann hat man auch ein fröhliches Herz. Und alles, was aus einem fröhlichen Herzen kommt, ist schön. Das ist übrigens auch auf der Erde so, da kapieren es viele Menschen nur noch nicht. Oder man hat kein fröhliches Herz und freut sich nicht über Gott – aber dann ist man auch nicht im Himmel. Deswegen braucht uns das im Augenblick nicht zu interessieren.«

Petrus beugte sich ein wenig vor und schaute Johann Sebastian Fluss gerade in die Augen. »Oder freuen Sie sich etwa nicht, dass Sie im Himmel sind?« »Doch«, meinte Herr Fluss ein wenig unsicher, und man wusste einen Moment lang nicht, ob er jetzt lachen oder weinen wollte. »Doch! Aber ich habe nicht gewusst, dass man auch im Himmel noch etwas lernen kann.« »Stimmt«, sagte der heilige Petrus, erhob sich und machte die Türe auf. »Aber nun rein! Es gibt gleich Abendbrot!« Herr Fluss war nämlich am Nachmittag gestorben.

Das unbescheinigte Leben

Wenn euch die Geschichte interessiert, die ich erzählen will, dann müsst ihr mir in ein Land folgen, das weit, weit weg liegt. Erst fahrt ihr mit der Straßenbahn bis zur Endstelle, dann mit dem Zug, dann steigt ihr in das Flugzeug um und schließlich in eine Rakete. Aber wenn ihr ausgestiegen seid, sind es immer noch mindestens zwei Tage Fußmarsch, bis ihr am Ziel seid. Wenn euch das zu teuer ist und zu lange dauert, weiß ich noch einen kürzeren und billigeren Weg: ihr müsst euch ins Bett legen, möglichst abends, und die Augen fest zumachen, ganz fest! Das heißt, ein bisschen blinzeln dürft ihr schon! Dann könnt ihr unter Umständen das Land gleich sehen, in dem die folgende Geschichte passiert ist! Und ihr werdet feststellen, was für ein schönes Land es ist, das ganze Jahr über Sommer, Straßen ohne Schlaglöcher, Züge ohne Verspätung, in den Geschäften gibt es immer alles, was man braucht und sogar alles, was man nicht braucht, kurz, es ist ein Land, wie man es nur im Märchen findet. Außerdem ist es ein sehr ordentliches Land, mit sauberen Wegen und öffentlichen Toiletten, mit vielen Büros und vielen Computern und vielen gespeicherten Karteien, mit großen Meldeämtern und riesigen Fabriken für Formulare und der dazugehörigen Software, wie man heute sagt –

und ihr werdet zugeben, dass so etwas sogar in einem Märchen eine ganz große Seltenheit ist.

In diesem Lande ist unser Freund zu Hause, dem wir die folgende Geschichte verdanken. Er heißt Friedrich Wahrhaft, und schon der Name sagt, dass Friedrich Wahrhaft zu denen gehört, die nicht nur jung und schön sind, sondern auch klug und ehrlich. Er könnte gut in Film und Fernsehen auftreten oder als Schlagersänger oder als männliches Model auf Modenschauen, aber dafür ist er wahrscheinlich zu klug, und für einen Heiratsschwindler ist er zu ehrlich. Friedrich Wahrhaft hat nur einen Fehler, das heißt, vielleicht ist es gar nicht sein Fehler, sondern der Fehler seines Landes. Schließlich gibt es nichts Vollkommenes, nicht einmal im Märchen. Aber man darf sicher mit gutem Gewissen sagen, dass es der einzige Fehler dieses Landes ist oder Friedrich Wahrhafts, je nachdem, welchem von beiden er zur Unvollkommenheit angerechnet werden soll. Auch das schönste Mädchen hat manchmal einen Pickel auf der Nase und auch ein ganz neues Auto einen Kurzschluss im Motor für den Scheibenwischer. Friedrich Wahrhaft besitzt nämlich keine Bescheinigung. Und weil es sich um ein ordentliches Land handelt, ist das ein unmöglicher Zustand. Jeder Mensch muss eine Bescheinigung haben darüber, dass er einen Namen und einen Vornamen hat, eine Wohnung und ein Auto, ein Leibgericht und eine Narbe auf der Backe, vorn oder hinten. Vor allem braucht er eine Bescheinigung darüber, dass er überhaupt da ist, besser gesagt, da sein darf! Und Friedrich Wahrhaft darf, mangels Bescheinung, eigentlich nicht da sein. Er ist natürlich trotzdem da und empfindet es nicht einmal als einen Fehler, da zu sein ohne eine Bescheinigung, ja, es erfüllt mich mit Trauer, bekennen zu müssen, dass er nicht den Funken eines schlechten Gewissens hat. »Wozu eine Bescheinigung?« sagt er. »Ich weiß doch, wer ich bin. Und wenn es jemand nicht wissen sollte, dann kann er mich fragen, und ich werd's ihm sagen.«

Tatsächlich wusste es eines Tages jemand nicht, eine bedeutungslose Person an sich, der Fahrkartenverkäufer der neu erbauten Drahtseilbahn. Aber sicher haben manche Leser schon in anderen Ländern die Erfahrung gemacht, dass auch die bedeutungslosesten Personen das Selbstwertgefühl eines mittleren Königs bekommen können, nur weil sie das Recht haben, eine Bescheinigung zu verlangen. Der Fahrkartenverkäufer hatte das Recht, eine Bescheinigung zu verlangen. »Wer sind Sie?« fragte der Fahrkartenverkäufer. »Friedrich Wahrhaft«, antwortete Friedrich Wahrhaft, der Wahrheit entsprechend. »Wo haben Sie Ihre Bescheinigung? Denn wer sagt mir, dass Sie wirklich Friedrich Wahrhaft sind?« »Ich«, antwortete Friedrich Wahrhaft, der Deutlichkeit halber mit dem rechten Zeigefinger auf seine eigene Person zeigend, »ich sage es. Und ich muss es ja wissen.« »Das kann jeder sagen«, sagte der Fahrkartenverkäufer, bereits mit jenem Unterton in der Stimme, der erkennen lässt, dass das verantwortungsvolle Amt eines Fahrkartenverkäufers der staatlichen Drahtseilbahn den unmittelbaren Umgang mit Verbrechern nicht ausschließt, ein allgemein in den Kreisen verbreiteter Ton, die das Recht haben, Bescheinigungen zu verlangen. Allerdings machte sich auch in der Antwort Friedrich Wahrhafts eine gewisse Gereiztheit bemerkbar. »Nein, das kann Ihnen nicht jeder sagen, denn nicht jeder ist Friedrich Wahrhaft. Aber ich bin es.« »Und wer beweist mir, dass Sie nicht lügen?« Friedrich rang nach Luft. »Sie sehen mich heute zum ersten Mal, kennen mich noch keine fünf Minuten, und schon behaupten Sie, ich sei ein Lügner.« »Menschen ohne Bescheinigung sind unglaubwürdig«, sagte der Mann und offenbarte damit eine erstaunliche Allgemeinbildung. Denn trotz unserer unverhohlenen Sympathie für Friedrich Wahrhaft müssen wir zugeben, dass nicht nur in unserem schönen Land, sondern auch in anderen Ländern, die keine Märchenländer sind, kaum noch jemand dem Glauben huldigt, ein Mensch könne auch ohne Bescheinigung einfach glattweg die Wahrheit sagen, ungestempelt und mit keiner Unterschrift versehen.

Friedrich Wahrhaft musste es einsehen. Und damit begann sein eigentlicher Leidensweg. Wo bekommt ein Mann eine Bescheinigung her, der noch keine hat? In seinem Geburtsort, müsste man annehmen. Friedrich Wahrhaft reiste in seinen Geburtsort. »Eine Bescheinigung ohne Bescheinigung? Wer bescheinigt mir denn, dass Sie wirklich hier geboren sind?« Friedrich Wahrhaft musste zu der bitteren Erkenntnis, dass ein Mensch ohne Bescheinigung nicht existieren kann, eine zweite bittere Erkenntnis hinzulernen: Dass man ohne Bescheinigung keine Bescheinigung bekommen kann, denn sonst müsste ja einer, irgendeiner es auf sich nehmen, Friedrich Wahrhaft einfach zu glauben, dass er wahrhaft Friedrich Wahrhaft ist – und alles andere wäre dann ein Kinderspiel.

So hat leider unsere Geschichte keinen Schluss, sie ist nicht zu Ende, noch nicht zu Ende, weil Friedrich Wahrhaft noch immer keine Bescheinigung hat und es infolgedessen Friedrich Wahrhaft gar nicht gibt, obwohl es ihn gibt. Er kann nicht leben, er kann aber auch – zu seinem Glück – nicht sterben, bis er eines Tages den gefunden hat, der ihm bescheinigt, dass er Friedrich Wahrhaft ist, ohne bescheinigt bekommen zu haben, dass er wahrhaft Friedrich Wahrhaft ist.

Aber Gott sei Dank liegt das Land weit, weit weg. Man muss erst mit der Straßenbahn fahren, dann mit dem Zug … aber das wisst ihr ja.

Das Märchen vom komischen König

»Wir haben aber einen komischen König!« sagten die Leute. »Gott sei Dank!« fügten manche hinzu. »Leider«, meinten andere, »denn man weiß manchmal gar nicht, was man von ihm halten soll.« Ein paar meinten sogar: »Er ist mitunter geradezu ungerecht. Komisch ist das.«

Ja, komisch war er, der König. Vielleicht versteht ihr es am besten, wenn ich einmal erzähle, wie der König das letzte Mal Orden verliehen hat. Die jährliche Ordensverleihung war immer an seinem Geburtstag, das machen die Könige so, ich weiß auch nicht, warum. Aber da fällt mir ein, dass es noch besser ist, wenn ich euch von der Sitzung des Thronrates zwei Tage vorher erzähle. Da wurde nämlich die Liste zusammengestellt, wer alles den »Königlichen Orden vom Halsband mit Stern« bekommen sollte. Zum Thronrat gehörten der Oberste aller Minister, der Hofmarschall und der Minister für besondere Angelegenheiten. Es war übrigens ein wunderbarer Orden, ein goldener Stern mit silbernen Strahlen und einem Rubin in der Mitte von der Größe eines Manschettenknopfes, ach, was sage ich – Manschettenknöpfe trägt man ja heutzutage fast gar nicht mehr. Er hatte die Größe eines Kronenkorkens auf einer Flasche Pilsner Bier! Der Orden wurde an einem breiten dunkelgrünen Band um den Hals getragen – und außerdem gab es zehntausend Taler auf die blanke Hand, wie man so schön sagt. Denn in Wirklichkeit wurde das Geld natürlich nicht in bar, sondern in einem Scheck überreicht, damit niemand auf den Gedanken kam, dem Ordensträger womöglich auf dem Heimweg aufzulauern und ihm das Geld abzunehmen.

Manche der Ausgezeichneten freuten sich mehr über das Geld, manche mehr über den Orden, aber alle sagten natürlich, das Geld sei ihnen völlig gleichgültig, es ginge ihnen nur um die Ehre, wie das eben so ist unter den Menschen. Ihr braucht es aber nicht zu glauben, denn natürlich geht es heute immer und überall leider fast nur ums Geld, selbst in einem Märchen.

Der König redete zuerst den Obersten aller Minister an. »Diesmal bekommst du den Orden! Du bist ein treuer Diener deines Königs und ein fleißiger Arbeiter obendrein!« Der König duzte alle Leute, er war sozusagen ein richtiger Landesvater. Natürlich war der Oberste aller Minister sehr glücklich über die Ehre, obwohl er insgeheim dachte: »Na, das wird aber auch Zeit, bei meinen Verdiensten!« Laut sagte er: »Majestät, das habe ich Unwürdiger gar nicht verdient.« Der König zeigte indessen schon auf den Hofmarschall und danach auf den Minister für besondere Angelegenheiten. »Du auch! Und du auch!« Und alle beide dachten und sagten genau dasselbe, so dass ich es nicht zu wiederholen brauche.

Nun wandte sich der König wieder dem Obersten aller Minister zu. »Schreib auf, wer den Orden noch bekommt. Der junge Mann im Rollstuhl, der am Sonntag im Mittelgang der Hofkapelle dem Gottesdienst zugehört hat.« Die drei Mitglieder des Thronrates waren, gelinde gesagt, ein wenig verwundert. Und wären es nicht so hochstehende Persönlichkeiten gewesen, hätte man fast der Meinung sein können, sie schauten ausgesprochen dumm aus. Aber in solchen Kreisen nennt man das »ausgesprochen betroffen«. Der Minister für besondere Angelegenheiten hüstelte ausdauernd. »Nun, Klaus ist ein netter Junge, zweifellos, und ein armer Kerl dazu. In den Gottesdienst kommt er übrigens erst seit drei Wochen, seitdem auf Anordnung Eurer Majestät eine Rampe für Rollstuhlfahrer neben der Eingangstreppe gebaut worden ist. Aber, Eure Majestät, was hat er denn für Verdienste?« »Ist es vielleicht ein Verdienst, dass du *nicht* im Rollstuhl sitzt? Na also. Was glaubst du, wieviel Geduld, Mut und Ausdauer dazu gehört, ein Leben lang im Rollstuhl sitzen zu müssen! Fahren wir fort! Die dicke Adelheid!«

Jetzt war es der Hofmarschall, der sich vorsichtig entrüstete. »Majestät, ist die Adelheid nicht ein wenig schwach begabt?« »Kannst du dafür, dass du, na, nicht gerade stark, aber doch mittelmäßig begabt bist, so dass es zum Hofmarschall gereicht hat? Na also.« So ging es weiter. Der Thronrat hatte noch viel Gelegenheit, betroffen auszuschauen. »Und zuletzt«, sagte der König, »möchte ich noch den kleinen Winifried auf die Liste setzen.« Aber da war der Oberste aller Minister wirklich fassungslos, so fassungslos, dass er sich nicht einmal mehr gebührend zusammennehmen konnte.

»Winifried«, so rutschte es ihm heraus, »der frechste Kerl im ganzen Königreich! Dieser Rotzjunge!« Zwar hielt er sich gleich die Hand vor den Mund, aber es war heraus, das schlimme Wort, in Gegenwart des Königs, und ungeschehen konnte er es nun nicht mehr machen. Der König lächelte nur und blickte versonnen vor sich hin. »Ich habe ihn aber sehr lieb.« Er machte eine lange Pause. »Ich habe euch alle lieb, aber ihn vor allem. Er braucht's. Und gibt ihm das nicht einen besonderen Wert? Einer, den der König lieb hat!«

»Ein komischer König«, dachten die drei. Ich nicht! Ich denke: »Gott sei Dank, dass er ein komischer König ist!«

Columbus

»Columbus« hatte Herr Gernegroß seinen Sohn genannt. »Zwar wird er nicht Amerika entdecken«, sagte Herr Gernegroß, »aus dem einfachen Grunde, weil Amerika schon entdeckt ist. Aber er soll mal was erleben! Deshalb nenne ich ihn Columbus!« Damit hatte Columbus Gernegroß das Thema seines Lebens gefunden.

»Ich will mal was erleben!« sagte er, und er sagte es immer. Als er mit dem Regenschirm aus dem ersten Stock sprang und glücklicherweise auf dem Misthaufen landete, als man ihn aus der großen, mit Wasser gefüllten Tonne im Garten zog, in der er mit Hilfe einer umgekehrten Gießkanne U-Boot spielen wollte, und als er mit dem Auto seines Vaters in das Schaufenster eines Milchladens rollte, weil er mit seinen fünf Jahren meinte, zum Autofahren genüge es, die Handbremse zu lösen – immer hatte er dieses Wort im Mund! Man hatte ihn kaum aus den Glassplittern geborgen, ihm das Wasser aus den Ohren gepumpt, ihm einen mittelgroßen Pferdeapfel aus dem Munde entfernt, schon hieß es: »Aber nun möchte ich was erleben!«

Ihr denkt vielleicht, das lag an Vater Gernegroß und seiner unglückseligen Idee, seinen Sohn Columbus zu nennen! O nein! Oder vielmehr: Ein bisschen doch! Vielleicht auch nicht bloß ein bisschen! Na, ihr werdet's gleich merken. Es lag nämlich an einem kleinen Teufelchen – oder vielmehr an einem kleinen Teufel, denn Teufel sind niemals Teufelchen, und wenn sie noch so winzig sind. Und dieser Teufel glich Columbus Gernegroß wie ein Ei dem anderen, mindestens wie ein Ameisenei einem Straußenei, denn der Teufel hatte – wie Columbus – strohblonde Haare, eine lange, aber nicht zu krumme Nase, dunkelblaue Augen und immer dieselben Sachen wie Columbus an, dieselbe Mütze, dieselbe Hose, denselben Rock – er war nur viel, viel kleiner. Er maß von Kopf bis Fuß genau 3,0 Millimeter und von Fuß bis Kopf fast noch weniger. Er hatte sogar beinahe den gleichen Namen wie Columbus, beinahe! Er hieß nämlich Columbus Gernegrößer, Betonung auf dem » ö«, Gerne größer. Er hielt sich stets in der Nähe von Columbus Gernegroß auf, fast wie ein Floh, mal im Hemd oberhalb des Herzens, mal in den Haaren dicht beim Gehirn, mal in der Brieftasche, mal im Portemonnaie, meist aber im Ohr. Da konnte er Columbus immer gleich sagen, was er dachte, wenn Columbus was erlebte. Und so ein kleiner Teufel wusste immer was zu sagen. Diesen Teufel hatte Columbus von seinem Vater geerbt. Na also! Das kann man nämlich, kleine Teufel vererben! Man braucht sie sich nur gegenseitig ins Ohr zu setzen. Manche Leute sagen: »Er hat ihm einen Floh ins Ohr gesetzt!« Es ist aber gar nicht immer ein Floh. Wenn es bloß juckt, dann ist es allerdings ein Floh, aber wenn es spricht, dann ist es ein kleiner Teufel. Deshalb war der Vater von Columbus Gernegroß doch ein bisschen oder nicht bloß ein bisschen schuld an seinem kleinen Teufel.

Nun könnt ihr euch auch denken, warum Columbus immer sagte: »Ich möchte was erleben!« Er sagte es einfach Columbus Gernegrößer nach. Darüber seid ihr sicher traurig. Darüber war aber noch jemand traurig, und das war Roselinde. Roselinde aus dem Nachbarhaus, die mit Columbus schon gespielt hatte, als er noch ein kleines Kind war. Inzwischen waren beide groß geworden und hübsch. Das kennt ihr vielleicht schon, dass auch junge Männer mit einem kleinen Teufel im Ohr sehr hübsch sein können. Zwar spielten Roselinde und Columbus nicht mehr zusammen, aber sie sagten sich doch »Guten Tag« und »Guten Abend« und gingen wohl auch zusammen ins Kino. Aber jedesmal, wenn sie sich vor der Haustüre verabschiedeten, sagte Columbus – ihr wisst schon, warum, aber Roselinde wusste es noch nicht – : »Ach, ich möchte mal was erleben!«, obwohl Roselinde sich wünschte, er möchte ganz was anderes sagen.

Nun hatte Columbus zwar kein Schiff wie sein berühmter Vorgänger, aber er hatte sich doch ein gebrauchtes Auto gekauft, einen P 70. Ihr wisst sicher gar nicht mehr, was für ein Auto das ist, ein P 70! Aber vielleicht habt ihr mal von einem »Trabant« gehört. Das war ein Kleinwagen aus der DDR mit einer Karosserie aus Pappe, wie man so sagte. Das stimmt aber gar nicht, sie war aus Plaste. Trotzdem liebten ihn die Leute. Und jeder war stolz, der ihn für sich und seine Familie erwerben konnte, auch wenn er nach der Bestellung manchmal über zehn Jahre darauf warten musste! Das glaubt heute gar keiner mehr. Ja und der P 70, das war sein Vorgänger, sozusagen der allererste Trabant, ein »Oldtimer«, wie die Fachleute das nennen. Ihr könnt euch denken, wie Columbus an diesem Auto herumbastelte, damit er endlich einmal etwas erleben könnte. Mit einem Schiebedach und einem Radio fing's an, natürlich mit Stereolautsprecher. Dazu kamen vier Nebelscheinwerfer vorn und zwei Rückscheinwerfer hinten, eine Kartenleselampe, ein kleiner Weihnachtsmann hinter der Windschutzscheibe, der je nachdem, wie die Blinkleuchte ging, mit dem rechten oder mit dem linken Auge blinzelte, dann Liegesitze mit verstellbarem Kopfteil und einer kleinen Hausbar in der Rückenlehne, Zigarrenanzünder mit eingebautem Korkenzieher und Kronenkorkenöffner, beleuchtbar, kleine Scheibenwischer für die Scheinwerfer und für die Heckscheibe usw. usw. Ihr könnt es euch ja mal ansehen. Alle Leute blieben stehen und schauten ihm hinterher, als er durch die Stadt brauste. Ein kleiner Junge an der Ecke Bautzener Straße sagte einmal: »Dafür schmeißt man glatt einen Mercedes 350 weg!« Und kleine Jungs verstehen bekanntlich von Autos sehr viel.

Und nun fuhr Columbus mit seinem P 70 erst ins Erzgebirge, dann an die Ostsee, dann nach Prag, dann in die Tatra, dann ans Schwarze Meer und dann sogar in den Kaukasus. Ein paarmal nahm er Roselinde mit – aber jedesmal sagte er schließlich: »Ach, wenn ich doch mal was erlebte!« Denn Columbus Gernegrößer, der kleine Teufel, fuhr natürlich immer mit.

Und da passierte es! Als nämlich Columbus vor seiner Haustür aus dem P 70 stieg und Roselinde gerade aus ihrer Haustür kam und sagte: »Guten Tag, Columbus! Wir war's denn im Kaukasus?« und Columbus antwortete, »Ach, man müsste mal was erleben!«, da packte Roselinde erstens die Wut, zweitens Columbus am Handgelenk, zog ihn mit sich fort und sagte: »Jetzt kannst du aber was erleben!«

Roselinde ging mit Columbus bis an die Elbe und hielt ihn dabei immer ganz fest. Er musste einfach mit, ob er wollte oder nicht. So hatte er Roselinde noch nie gesehen.

Als sie an der Elbe angekommen waren, setzte Roselinde Columbus auf eine Bank, sich selber daneben und sagte: »Nun schau mich mal an!« Aber da kam auf der Elbe gerade ein wunderschöner Schleppkahn gefahren aus Prag mit zwei Lastkähnen hintendran, und Columbus war ganz versunken in ihren Anblick und antwortete – natürlich: »Ach, ich möchte mal was erleben!«

Und da – endlich – merkte Roselinde etwas. »Was ist denn das hier?« sagte sie, griff Columbus ins Ohr und – in der Hand hielt sie einen kleinen, 3,07 Millimeter großen Teufel. »Wart, du kleines Biest du!« sagte sie. Obwohl sie selbst keinen kleinen Teufel besaß, wusste sie doch genau, wie man mit solchen Kerlen umzugehen hatte. »Knack«, machte es, da hatte sie ihn zerdrückt wie eine Laus. Und nun blies sie nur noch einmal kurz über Daumen und Zeigefinger – weg war er! Im selben Augenblick drehte sich Columbus herum und sah Roselinde in die Augen. Denn ihr werdet's gar nicht glauben, wenn ich euch das erzähle: sooft Columbus Roselinde schon gesehen hatte, ihre Augen hatte er noch nie gesehen. Jetzt sah er sie. Und da war er ganz weg. Er nahm Roselinde bei der Hand – aber das gehört gar nicht mehr hierher. Jedenfalls sagte er zu Roselinde: »Heute habe ich wirklich was erlebt!«

Und zehn Jahre später, als er statt eines Autos Roselinde zur Frau hatte und vier Kinder dazu, sagte er – und er sagte es oft – : »Prima, dass ich Columbus heiße. Ich habe wirklich so viel Schönes erlebt und erlebe es jeden Tag wieder, ganz ohne Auto und Kaukasus!«

Und nun wäre es vielleicht an der Zeit, dass ihr alle mal ganz schnell mit Daumen und Zeigefinger in euer Ohr fasst, ob da vielleicht jemand drin sitzt. Und auch wenn es kein Floh ist, dann denkt dran! »Knack!« Wie eine Laus – und weg ist er.

Das Märchen von der Dienstbarkeit

Es war einmal ein Mädchen, das hieß Else. Es war ein schönes Mädchen, und den Namen hatte es von seiner Großmutter. Von der Großmutter hatte es auch das Schild, das an der Wand hing. Das war aus Holz und trug die Inschrift: »Für Dich!« Über das große »D« ringelte sich eine dunkelrote Rose, das heißt, jetzt war sie nur noch rosa, das machte das Alter. Elses Großmutter hatte das Schild sehr geliebt, und das lag daran, dass sie immer nur für dich und für mich und für andere da sein wollte, aber niemals für sich selbst. Sie war eine gute Großmutter. Auch Else liebte das Schild, allerdings mehr, weil es früher der Großmutter gehört hatte. Die Großmutter war immer nett zu Else gewesen und hatte ihr bei jedem Besuch zwei Schokoladenkringel und ein silbernes Fünfmarkstück verehrt. Natürlich half auch Else mal dem und mal dem, aber mehr aus Zufall, sozusagen weil sie nichts Besonderes vorhatte. Mal schob sie einen Handwagen, mal trug sie eine Einkaufstasche, mal brachte sie ein Pfund Zucker mit.

Und mit dem Zucker fing es an! Als nämlich Else eines Tages für Frau Schramm, die schlecht laufen konnte, ein Pfund Zucker mitgebracht hatte, sagte Frau Schramm nicht »Danke schön«, wie sich das gehört, sondern: »Ach, Else, da können Sie mir gleich noch einen Eimer Kohlen holen!« Sonst sagte sie nichts.

Da gab es Else einen Stich. »Nicht mal danke und bitte kann sie sagen!« dachte sie bei sich selber. Else holte keine Kohlen. Statt dessen ging sie nach Hause, nahm den Küchenstuhl mit ins Schlafzimmer und stellte ihn an ihr Bett. Dann stieg sie hinauf und holte Großmutters Schild herunter, das sie eigentlich nie richtig verstanden hatte. Jetzt verstand sie es! Sie holte sich nämlich ihren schwarzen Augenbrauenstift, strich das große »D« schräg durch und schrieb deutlich darüber: »M« , ein großes »M«. Jetzt hieß das Schild: »Für Mich!« Else betrachtete es wohlgefällig. Dann ging sie vor den Spiegel und betrachtete sich. Dabei hielt sie eine kleine Rede.

»Else«, sagte sie, »hör einmal zu! Du wirst den Leuten ihre Sachen nachtragen? Nichts wirst du! Sie sollen sich selber helfen! Niemand soll niemandem helfen! Nicht mal danke sagen! Das ist unwürdig! Wir sind doch keine Dienstboten! Heute gibt es gar keine Dienstboten mehr! Else, du bist ein kluges Mädchen, du wirst helfen, dass die Menschen ohne Hilfe auskommen. Das macht frei und unabhängig!«

Else war nicht nur ein schönes, sie war auch ein kluges Mädchen. Sie wurde Ingenieur und machte große Erfindungen. Zuerst erfand sie eine Maschine, mit der man sich den Mantel an- und ausziehen konnte. Sie war zusammenklappbar und hatte Platz in der Manteltasche. Dann erfand sie eine Maschine zum Tragen des Einkaufsnetzes, mit Zusatzgerät für zwei Päckchen und einen Regenschirm, wobei die Maschine beim ersten Regentropfen den Schirm automatisch aufspannte und über den Kopf hielt.

Dann erfand sie eine Maschine zum Umbetten für kranke Leute. Dann eine Maschine, um die Kohlen aus dem Keller zu holen! Dann eine Franzbranntweineinreibmaschine! Dann eine Verbandwickelmaschine, verstellbar für große und kleine Wunden.

Elses Maschinen fanden reißenden Absatz. Erst waren sie teuer, aber weil es so viele Menschen gab, die niemandem helfen wollten, wurden die Maschinen immer billiger. Else war inzwischen Direktor für fünf große Fabriken geworden und saß im Beirat des Ministeriums. In ihrer Werbeabteilung beschäftigte sie fünfzehn berühmte Maler und dreizehn Dichter mit internationalem Ansehen. Ihre Werbeverse wurden auf der Straße gesungen und gepfiffen, denn selbstverständlich hatte sie auch sieben Komponisten engagiert, drei seriöse und vier für Schlagermusik. »Hilf dir selbst, alles andere besorgen Elses Maschinen für dich«, so stand es an allen Plakatsäulen. »Wozu die Hände benutzen, wenn ein Knopfdruck genügt«, prangte es an den Leinwänden der Kinos. Über Elses Bett hing jetzt ein nagelneues farbiges Schild aus Plaste mit der Aufschrift: »Ich für mich, die Maschine für dich!«

Ihr könnt euch denken, wie gut es Else ging. Sie hatte zwei Häuser, drei Bungalows und vier Autos, dazu eine Rennjacht und ein Segelflugzeug. Aber ihr könnt euch wahrscheinlich nicht denken, dass es Else doch nicht so gut ging. Es tat zwar nirgends weh, aber es tat doch weh, mal hier, mal dort. Merkwürdig. Immer, wenn Else hinfasste, tat es nicht mehr weh, oder vielmehr tat es gleich ganz woanders weh. Else kriegte schlechte Laune und klagte über Kopfschmerzen, auch wenn sie gar keine hatte. Eines Tages stand sie vor ihrem Spiegel – es war nicht mehr derselbe, sondern einer mit kupfergetriebenem Rahmen und indirekter Beleuchtung – und sagte: »Else, du gefällst mir gar nicht. Du musst zum Arzt.«

Als sie beim Arzt ihren Mantel ausgezogen hatte, natürlich mit Hilfe der Mantelausziehmaschine, schaute ihr der Arzt in die Pupillen und in die Nase. Dann horchte er sie ab und durchleuchtete sie. Und dann machte er ein sehr ernstes Gesicht. »Fräulein Else«, sagte er, »es ist ein schwieriger Fall. Ich kenne ihn schon, er kommt öfter vor. Merkwürdigerweise immer bei Menschen, die ihre Mäntel mit so einer Maschine ausziehen wie Sie! Ich kann es Ihnen leider nicht verheimlichen. Sie werden es mit der Zeit ohnehin merken: Sie haben kein Herz mehr!« »Was?« sagte Else. »Aber ich hatte doch eins! Ich weiß es bestimmt! Warten Sie mal«, und Else dachte angestrengt nach. »Ja, als ich das Pfund Zucker holte, da muss ich es noch gehabt haben, denn da traf ich unterwegs einen hübschen jungen Mann, und als er mich anschaute, hat es geklopft, das Herz. Und kann denn ein Herz klopfen, das man gar nicht hat?«

Der Arzt zuckte mit den Schultern. »Tut mir leid, Fräulein, aber dann müssen Sie es irgendwann verloren haben. Das ist eine sehr komplizierte Sache!«

In der Tat, lieber Leser, das ist eine sehr komplizierte Sache. Und man weiß gar nicht, was da zu tun ist. Aber so kompliziert ist es nun auch wieder nicht, denn Sie, lieber Leser, Sie haben doch Ihr Herz noch? Oder?

Vom Alfred, der nicht bitten konnte

Es waren einmal ein Vater, der hieß Paul, und eine Mutter, die hieß Pauline. Sie hatten drei Söhne, Adalbert, Alfons und Alfred, und sie waren sehr zufrieden mit ihnen. Sie machten keine größeren Sorgen als andere Kinder auch. In der Schule kamen sie gut mit. Adalbert hatte einen Zensurendurchschnitt von 1,8 – Alfons von 2,2 und Alfred – ach, von Alfred sagten sie immer: »Der? Der hat 0,9.« So war das.

Paul und Pauline hatten ihren Söhnen alles beigebracht, was man ordentlichen Kindern zu Hause so beibringt: den Hals waschen, die Hosen Falte auf Falte über den Bügel hängen, die Schulschnitten selber schmieren, die Schuhe putzen, einkaufen, die Treppe wischen, das Bett machen und »danke« und »bitte« sagen. Mit der Zeit lernten Adalbert, Alfons und Alfred das alles auch. Manchmal vergaßen sie es natürlich wie alle Kinder, die gut erzogen sind. Sie schmissen die Schuhe in die Ecke, wenn sie vom Fußballplatz kamen. Sie machten eine Kissenschlacht, bei der ein Kopfkissen platzte und die Federn bis in die Küche flogen. Der Vater fischte beim Mittagessen eine Feder aus den Nudeln und sagte: »Nanu, Pauline, diesmal hast du das Huhn wohl gar nicht gerupft?« Da lachten sie alle, und die Sache war vergessen.

Paul und Pauline hatten überhaupt einen guten Humor und lachten viel, und Adalbert, Alfons und Alfred lachten mit – das heißt, ehrlich gesagt, Alfred lachte immer ein bisschen weniger als die anderen. Und je größer er wurde, umso mehr verlernte er es. Das war eigentlich das Einzige, was Paul und Pauline an ihren Kindern Sorgen machte. Es hatte nämlich einen bestimmten Grund. Alfred konnte zwar auch alles, was er von den Eltern gelernt hatte, nur eines nicht: »bitte« sagen. Er brachte es einfach nicht über die Lippen. Wenn es darum ging, um irgendetwas zu bitten, dann verschloss er den Mund, so fest, dass sich der eine Mundwinkel – ich glaube, es war der linke – nach unten bog wie ein Fragezeichen, das man hingelegt hat. Paul und Pauline waren ganz traurig, denn es machte ihnen großen Spaß, ihren Kindern Bitten zu erfüllen. Wenn Adalbert und Alfons eine Bitte äußerten, als kleine Kinder zu Hause und später in Briefen und am Telefon und neuerdings sogar manchmal mit einer E-Mail, dann rissen sich Paul und Pauline sämtliche Beine heraus. Natürlich nur bildlich gesprochen, ihr braucht das nicht wörtlich zu nehmen! In Wirklichkeit setzten sie ihre Beine in Bewegung und liefen zum Bäcker, zum Fleischer, in das Schreibwaren-, das Schuh-, das Textilgeschäft und sagten überall dasselbe: »Wissen Sie, Adalbert braucht nämlich …« oder »Wissen Sie, unser Alfred hat geschrieben, er braucht …« Manchmal mussten sie mächtig überlegen, wie sie die Bitten ihrer Jungs erfüllen konnten. Auch wenn die Zeiten längst vorbei waren, in denen es mal kein Klopapier, mal keine Wäscheklammern, mal keine Notenhefte gab. Nein, sondern weil auch Menschen sich nicht immer das wünschen, was ihnen nutzt und gut tut!

Ich entsinne mich, dass ich einmal als Junge unbedingt eine große Flasche Rizinus haben wollte. Ich bin heute noch froh, dass mir meine Eltern Himbeersaft hineingefüllt haben.

Deshalb waren Adalbert und Alfons mitunter enttäuscht, wenn sie ein Paket auspackten. Aber irgendwann, früher oder später, merkten sie, wie gut und wie liebevoll es ihre Eltern gemeint hatten. So entsinne ich mich, dass Alfons einmal zum Geburtstag zehn Flaschen Wodka bestellt hatte für eine Fete – und die Mutter hatte in neun Flaschen einen ganz leichten Bowlenwein gefüllt und nur in die zehnte reinen Wodka. Ihr könnt euch denken, warum! Alfons machte mit seinen Freunden und Freundinnen ein langes Gesicht, als er dahinterkam. Aber vierzehn Tage später kam der Mann, der über ihm im ersten Stock wohnte, betrunken heim. Und Alfons hörte, wie er die Tür einschlug und seine Frau verprügelte und die Kinder dazu. Da dachte er: »Aha! Daher weht der Wind bei unserer Mutter. Die Gute!«

Leider brauchten Paul und Pauline für Alfred niemals solche Fantasie zu entwickeln, denn er äußerte keine Bitten. Die einzige Zwei auf seinem Zeugnis hatte er deshalb in Betragen bekommen.

Und als der Lehrer ihn fragte: »Alfred, warum kannst du eigentlich nicht »bitte« sagen?«, antwortete er: »Ich will nicht!«

Als er größer wurde, hat er es wissenschaftlich begründet, wie das oft Leute tun, die sich ihre Fehler nicht abgewöhnen wollen oder vielleicht auch nicht mehr abgewöhnen können. Sie sagen zum Beispiel »Rauchen beruhigt die Nerven.« Oder »Viel essen beseitigt den Vitaminmangel.« Oder auch »Sich jeden Tag waschen schädigt die Haut!« und so weiter, ihr wisst da sicher Bescheid. Alfred sagte: »Der Mensch muss unabhängig bleiben.« Und das blieb er, unabhängig. Da er gescheit war, lernte er viel und verdiente eine Menge Geld. Nur bitten konnte er nicht.

Allmählich fingen die Leute an, ihn zu meiden. Alfred wunderte sich zwar, dass er keinen Freund hatte und keine Freundin und wurde immer ernster, aber er dachte nicht nach. Wie sollte er, da niemand mit ihm sprach! Denn wenn jemand nicht »bitte« sagen kann, dann bittet man ihn nicht mehr um irgendetwas. Das ist eine alte und übrigens sehr vernünftige Regel. Man erklärt es ihm auch nicht, weil man sich sagt: »Mit dem kannst du sowieso nicht reden.«

Gott sei Dank, wirklich »Gott sei Dank« erklärte es ihm eines Tages doch jemand, Ruth, ein tüchtiges, liebes Mädchen, das diesen Alfred mochte, sogar sein kleines Fragezeichen auf den Lippen und die strengen Falten auf der Stirn. Es schien so, als ob Alfred sie auch gern mochte, aber das hatte seine Schwierigkeiten. Weil er das Bitten verlernt hatte, konnte er nicht sagen: »Bitte geh doch mal mit mir ins Kino!« Oder »Bitte, komm mit in den Waldpark!« Natürlich hatte er Ruth längst erläutert, warum er nicht »bitte« sagte, das konnte er! Aber Ruth antwortete eines Tages auf seine wissenschaftliche Erklärung: »Weißt du, ein Mensch, der nicht bitten kann, ist gar kein Mensch. Denn er braucht niemand. Jeder Mensch will einmal gebeten werden, sonst kann er nicht leben. Nicht einmal Gott kann leben, wenn ihn niemand mehr um etwas bittet. Denn wer niemand braucht, vergisst mit der Zeit, dass es überhaupt noch andere Menschen gibt und verknöchert und versteinert und ist eines Tages nur noch ein Denkmal, auf dem man höchstens Staub wischen kann.« Und sie wischte ihm über seine Fragezeichenlippen, als wäre dort Staub. Aber ihre Finger waren warm und voller Herz, denn auch Finger können ein Herz haben.

Alfred fing an nachzudenken. Zum Glück wurde Ruth nicht müde, ihm immer wieder zu erklären, was einen Menschen ausmacht. Und eines Tages öffnete sich sein Mund und die Fragezeichenlippen wurden zu einer Art Ausrufezeichenlippen, obwohl sie ein wenig dabei zitterten, als Alfred sagte: »Ruth, bitte bleibe bei mir. Ich brauche dich!« Da war er gerettet.

Was denkt ihr, was er alles noch lernte? Er schrieb sogar an Paul und Pauline: »Bitte vergebt mir!« Sie waren darüber ganz glücklich, obwohl sie auf diese Bitte hin zu niemandem sagen konnten: »Wissen Sie was? Alfred braucht ...« Pünktchen, Pünktchen, Pünktchen. Nicht einmal ein Paket packen konnten sie! Aber das war in diesem Falle ja auch nicht nötig.

Fritz

Kennt ihr den kleinen Parkplatz an der Autobahn von Chemnitz nach Dresden, gleich rechts im Wald? Nein? Ach, ihr könnt ihn ja gar nicht kennen! Als sie die Autobahn vor zwei Jahren mit einer Betonschicht belegt haben, ist der kleine Parkplatz einfach eingeebnet worden. Traurig, nicht? Jetzt kann man dort nicht einmal mit dem Auto halten. Das heißt, man kann natürlich schon, aber dann kommt gleich eine weiße Maus in einem grün-weißen Auto, und man muss viel Geld bezahlen, weil es verboten ist. Also lässt man es lieber. Früher stand dort eine kleine Bank zum Ausruhen und ein Tisch, auf dem man essen konnte, und ein Papierkorb, damit die Leute immer genau wussten, wohin sie das Papier nicht werfen sollten, nämlich in den Papierkorb hinein. Meistens lag nämlich das Papier drumherum.

Oft war ich dort ganz allein. Ich aß meine Schnitten, manchmal las ich die Zeitung, und manchmal hörte ich ein bisschen Musik mit meinem Radio, so einem winzigen Radio mit einem Lederbändchen daran, damit man es nicht verliert. Und manchmal döste ich auch nur. Ich kann das sehr gut. Und ich mache dabei so ein schönes Gesicht, dass die Leute immer sagen: »Woran denken Sie denn jetzt?« Ich denke aber gar nicht, ich döse eben.

Als ich wieder einmal döste, fiel mir etwas auf den Kopf. Nein, kein Ziegelstein! Woher sollten auch im Walde Ziegelsteine kommen! Außerdem hätte ich einen Ziegelstein sofort bemerkt, ich bemerkte aber gar nichts. Erst als es zum dritten Mal ganz, ganz leise »Klick« machte, wurde ich aufmerksam und strich mir über das Haar. Und da hatte ich drei Samenkörner von einem Fichtenzapfen in der Hand, drei Stück. Ich schaute nach oben. Richtig! Ich saß genau unter einer Fichte. »Du freche Fichte«, sagte ich, aber ich lächelte dabei, damit die Fichte es nicht gar so ernst nähme. Und damit war es gut.

Nein, es war nicht gut, denn es machte jedesmal »Klick«, wenn ich mich dort ausruhte. Beim siebenten Mal sagte ich nicht mehr »Du freche Fichte«, sondern stand ganz schnell auf und schaute ganz schnell nach oben – und da hörte ich etwas rascheln. Nun stieg ich ganz schnell auf die Bank und hörte es wieder rascheln – und bekam einen Samen direkt auf die Nase. Und dann lachte jemand, sehr leise, sehr hell, aber deutlich. Trotzdem konnte ich nichts erkennen, es war nämlich drei Minuten nach Mitternacht (ich hatte mich wieder mal verspätet). Deshalb rief ich: »Ist da jemand?« »Ich«, sagte es. »Wer ist ich?« fragte ich. Ich hatte gar keine Angst mehr, denn die Stimme klang so zierlich, daß es sich bestenfalls um ein Mädchen handeln konnte, aber ein ziemlich kleines, und vor kleinen Mädchen habe ich natürlich selbst nachts im Wald keine Angst.

»Na ich eben«, sagte es wieder, aber ein bisschen ungeduldiger. Und dann gab es einen Ruck, so als hätte mir mein Freund Willi auf die Schulter gehauen. Willi ist nicht groß und hat auch nicht viel Kraft, aber gerade deswegen haut er einem gern auf die Schulter. Es tut nicht weh, aber man merkt es. Bloß wie sollte mein Freund Willi nachts auf die Autobahn kommen, um mir auf die Schulter zu hauen? Und wie sollte mein Freund Willi auf einmal eine Stimme bekommen haben wie ein kleines Mädchen? Ausgeschlossen!

»Und nun schau mich mal an!« sagte es auf meiner Schulter. Zum Glück hatte ich meine kleine Taschenlampe in der rechten Hosentasche stecken. Die nahm ich jetzt heraus und beleuchtete meine linke Schulter. Und wer saß dort? Ihr werdet es nicht erraten: ein Eichhörnchen, ein tiefbraunes Eichhörnchen mit einem kleinen weißen Latz vorn auf der Brust. Und das sagte: »Ich heiße Fritz! Guten Tag!«

Ich war natürlich sehr verblüfft, aber ich bin ein höflicher Mensch, selbst wenn ich verblüfft bin. Deswegen antwortete ich sofort: »Guten Tag! Ich heiße Dietrich! Trotzdem muss ich Dir sagen, dass mir noch niemals ein redendes Eichhörnchen begegnet ist. Du bist wohl beim Zirkus?« Fritz lachte. Er lachte so sehr, dass er sich mit seinen Vorderpfoten an meinem Kragen festhalten musste. »Beim Zirkus! Hast du schon einmal ein Eichhörnchen beim Zirkus gesehen? Na also! Wir Eichhörnchen können alle reden, aber das versteht ihr überklugen Menschen nicht! Ihr versteht zwar Englisch und Russisch und Ungarisch, aber ein Eichhörnchen in eurem eigenen Walde versteht ihr nicht! Nur nachts, eine Viertelstunde lang, von Mitternacht an gerechnet, könnt ihr uns verstehen. Und heute bist du endlich mal zur richtigen Zeit gekommen, und ich kann mich mit dir unterhalten.« Er fuhr mir mit der Vorderpfote ganz leicht über die Backe, so wie manchmal meine Frau, wenn sie mich besonders lieb hat, und es sind Leute in der Nähe, die es nicht merken sollen. »Vielleicht verstehst du mich dann auch am Tage. Manchmal gibt's das.«

Ihr könnt euch vorstellen, wie durcheinander ich war. »Fritz«, sagte ich, »ich muss mich erst mal setzen.« Ich setzte mich auf die Bank, und Fritz sprang mit einem behenden Satz auf den Tisch. Und dann unterhielten wir uns. Ach, sage ich euch, das war eine schöne Stunde. Er erzählte aus seinem Leben, und ich erzählte aus meinem Leben.

Um eins musste ich weiterfahren. »Aber du musst mich unbedingt mal im Walde besuchen«, sagte Fritz. »Übrigens, wie spät ist es?« »Eins ist es!« Da lachte Fritz. »Warum lachst du denn?« »Ja merkst du denn nichts? Es ist ein Uhr, und wir unterhalten uns immer noch! Eigentlich verstehen uns die Menschen doch nur eine Viertelstunde lang nach Mitternacht. Aber du verstehst mich immer noch. Dann können wir uns also immer unterhalten, wenn du kommst.« »Das ist aber merkwürdig.« »Das ist gar nicht merkwürdig. Ich habe mir das gleich gedacht. Du warst immer so freundlich!« »Ich war freundlich?« »Natürlich. Du hast niemals geschimpft, wenn ich Dir die Samen von den Fichtenzapfen auf den Kopf geworfen habe. Sogar einmal auf die Nase! Du hast dich mit den Fichten unterhalten. Und dann hast du immer das Papier in den Papierkorb geworfen, das tun ganz wenige. Die Menschen werfen ihr Papier immer neben die Papierkörbe. Aber wenn einer mit Fichten und Papierkörben freundlich umgeht, ist er auch ein freundlicher Mensch.«

Soll ich euch was verraten? Manchmal habe ich auch Papier neben die Papierkörbe geworfen, wenn ich zum Beispiel aus der Straßenbahn ausstieg und einen alten Fahrschein in der Hand hielt. Aber seitdem gebe ich mir immer Mühe. Ich schäme mich vor Fritz, und das solltet ihr alle auch tun, wenn ihr einmal altes Papier achtlos weggeworfen habt.

Ich fuhr jedenfalls sehr vergnügt nach Hause. Und inzwischen habe ich Fritz sogar im Walde besucht. Aber das erzähle ich euch ein andermal.

Nachbemerkung für diejenigen, die es interessiert:
»Das Märchen von der Dienstbarkeit« entstand für ein Jubiläum des Kaiserswerther Verbandes, »Die Legende vom Stuhl im Himmel« für eine Festschrift zum 70. Geburtstag von Heinrich Albertz, »Das Märchen von der verkauften Zeit« als Bußtagspredigt in Dresden.